A→ COMME AVENI

未來 ACROPOLI

ISBN978-986-94802-7-

字母會 A→未來　　衛城
初版一刷二〇一七年九月
下回預告●● B→巴洛克

A COMME AVENIR

目次

A如同「未來」

A comme Avenir

楊凱麟

未來

A

字母會

書寫指向一種真正開始，它的核心是未來。即使是對過去的回憶亦得曲扭文字、劈開句構與炸裂文法以便創造一座僅存於語言中的嶄新時空。於是在文學作品裡文字總是妖邪乖違，或淫狎猥褻，或暴逆狂亂，或清灑悠長亦或蒼老悲涼，感性總是深鑿高竄或奔跑靜伏。書寫必須能再次創生世界，而且屬於這個世界的人民總是尚未到來。

文學總是在它必要的創造性中再次印證「未來的開始」。

小說家以他所動員創生的話語流湧離開現在、繞經過去與指向未來。被書寫的，是未來之書，即使是銘刻著永恆過去的《追憶逝水年華》亦然。

在既有語言中就地迫出嶄新表達，如同在母語中怪異講著外國話，啁啾缺舌或經脈逆轉，書寫以一種非此非彼的未來之聲席捲既有的一切。被書寫的過去從來不是已逝的過去，而是由文字所啟動的未來。

普魯斯特在數千頁的文字壇城中迫出了過去的未來性，早已衰竭、摧折、病弱與年華喪盡的敘述者最後心緒翻湧奔騰，站在生命的盡頭與小說的終頁，他感官歙張提筆欲寫，然而真正的作品，關於生命、真理與時間的巍峨巨著，卻僅僅虛擬地展開於最終的字詞之後，在未來的時間中……

寫作者所欲意的書，總是由他書中最後一行開始暴長。在歷抵最後一頁、最後一行與最後一字之後的暗黑空無之處，在行將闔上書頁前的死生一瞬，一座再無可退避卻仍無可捉摸的文字蜃樓彈出，在虛空中翻摺變幻。

小說並非遺跡舊帳或奇觀異行之如是我聞，而是朝向未來的純粹虛構，是從陳套脫逸的獨行與展示流變的擬像，因而書寫總是意味著「反書寫」，寫不可寫、無能力寫、非寫之寫更寫「未來之寫」。當梅爾維爾說，「我最想寫的書，是眾人都認為失敗的書」，文學對他而言已不是為了討好現前的讀者，而是為了尚未到來的人民凝神一搏。

這是小說家對未來的信仰：從字句中再度迫出生命的可能性。書寫是為了使文字再度瀰漫著革命性，文字召喚嶄新的感性，激生至今不可感、不可思與無形式的威力。

小說必是虛構，但不是因為其內容遠離現實與匪夷所思，更不在於小說家總是易陷溺於各方故事與傳奇，而是書寫必然涉及某種未來的啟示，是由我們現前所思、所做與所是的世界中所強勢迫出的不再思我們已思、不再做我們已做與不再是我們已是的清新未來。虛構緣於小說家藉字詞所提議的另類未來，小說家是他所自創感性的教育者。

除了面對尚未到來的人民，不知書寫還能做什麼？

未來

Avenir

黃錦樹

未來

A

字母會

古今中外文士均不乏自輓之詞，或關於「我」死亡的夢。儘管用的是不同的文類形式表達（甚至電影），箇中的敘事結構總是相似的：「我」和一群人參加一場葬禮，去時大家都哀傷，畢竟是死別。但屍體埋葬或火化後，回程就時有點歡樂的氣氛，尤其是關係比較疏的那些親友，有鬆了一口氣、「終於了結一件麻煩事啊」那樣的心情。如果是自輓詩文，往往「我」做為敘事人，在畫外（也只能居於那樣的外部）感傷地觀看整個場面，看看誰哀慟逾恆，誰一路說著「我」的壞話或流言蜚語，誰企圖欺負孤兒寡母或雪中送炭、伸出援手。灰暗的色調，山如屍骸。素服，寒涼。宜乎有大風，小雨，被吹得披散的長草，風吹過谷地聲聲哀鳴。

如果是夢或小說，那結局會是這樣的：混在朋友群一塊送葬甚至喝著酒的「我」，突然被朋友辨識出來了：「咦，你不是死了嗎，怎麼還跟我們回來？」

你立時被那話語留下。獨自面對那冷風、那草、那新覆的黃土、那壘壘的墓塚。然後他們繼續往前走，走出畫面，回返熱鬧人間的柴米油鹽。鏡頭裡，不是他們遠去，而是你被推遠，愈遠愈渺小，終至如沙一般細微不可辨識。

你會認得哪顆沙子嗎？

雖然「我已經死過一次」這樣的說法往往只是個爛熟的比喻。但我的朋友丁告訴我的這個故事，每當我吃魚時都會想起它。

很小的時候，有一天晚上，在熄了燈後無邊濃稠的黑暗裡，丁突然想到死亡這回事（也許白天又弄死了什麼昆蟲），隨即感到一股無端涯的空茫——黑暗牢牢包覆著「我」，終至不可見——一旦這胡思亂想的「我」消失了，它將消遁到哪裡去？還是就此不見了？隨即陷入一種莫名的恐懼，消失殆盡的恐懼。還好那時他睡在父親與小哥之間，可以清楚感覺得到他們手臂的體溫，與及清晰均勻的呼吸聲。也經常可以聽到一板之隔的鄰房大哥大聲說著夢話，或者大聲斥罵、警告，或者虎頭蛇尾地說著長長的句子。心裡暖暖地冒起一個念頭：他們都在呢，別想太多。於是他就安心地睡著了。

此後像感冒那樣久久會重來一次，那種無邊黑暗的恐懼。

那些年，對丁而言，最刺激的活動是偷偷拿著畚箕到不遠處（但也隔了大片油棕園）的一處水塘（據說是河流改道後留下來的）去抓打架魚。水塘有一個角落常年漂浮著布袋蓮，擎著串串淺紫色的花。四方的園地都挖了水溝通向它。那覆著青草的踝深淺溝，是最多打架魚的。有時瞧見水草間有白色的泡泡，就知道有公魚在駐守。有一回丁從溝畔還看到兩隻鬥魚在展鰭火拚，畚箕一插，兩隻都手到擒來。

那水窪多深沒人知。目測則不見底，水底應是無盡的爛泥。但他們去抓魚都會避開深水區，水邊有草的地方才有鬥魚——多年以後他方知那是馬來半島原生特有種，秀氣扇形小圓尾，不像泰國鬥魚尾巴那麼大而無當。不論是藍鱗還是翠鱗，尾一般都是豔紅的。每每當畚箕從水草下撈起（水草歷經一番踩踏）——看到淺褐色竹篾上紅的藍的綠的魚在掙扎跳動，心中不由一陣狂喜。

但丁在那裡抓到過黃尾的、黑尾的，還看到過一尾一身白的，背脊略帶粉藍色，簡直是前所未見，也未曾聽聞哥哥們捕獲過。

發現時牠出現在小水溝與水漥的交接處。當丁從水溝那端追趕牠，畚箕一撈，不中。

就在那時牠脫離水溝的區域，從倒伏的水草間滑向那一汪黑水，然後牠鑽進水邊的草莖下方。那是另一種不知其名的草，莖堅韌而互繞著，根鬚且相互糾結纏抱著，然後整團漂浮在水上，尖細的葉子朝上，連綿地捱著塘壁。

丁把桶子掛在左肘上，右手將畚箕拋在草上，他試探著踩了上去，草漸往下沉，蜘蛛青蛙紛紛跳走。水很快就浸到他大腿，但那糾結的草像墊子那樣承載著他，沒再往下沉。於是丁輕輕撥開草，繼續尋找那尾遁走的魚。他熟知鬥魚的習性，牠們不喜深水。有一瞬間他幾乎就看到白影一閃；半浸著身體撈捕時，多次抓到往昔常抓到的那幾款鬥魚，但丁都把牠們倒回水裡，就像平日抓到母鬥魚及「假的打架魚」那樣。長大後方知曉那「假的」其實也是珍貴的馬來半島原生種鬥魚，只不過鬥起來沒那麼兇，色彩的變化也沒那麼戲劇化。他那時全沒想到（也全忘了大人的警告）這種水草間因多蛙而有蛇。

一尾青竹絲突然就竄了出來，牠的顏色和綠草一模一樣，甚至光影明暗也相彷彿。把牠的輪廓從周邊環境區隔開來時，牠已經非常靠近他。雖然蛇身竹竿般瘦小，卻好似可以一口把他吞下似的，目光懾人。

一個驚慌，丁後退了一步，腳下就踩空了。

然後呢？

裝著鬥魚的鐵桶被打翻了。畚箕不知為何被拋向水中央。人下沉，沒頂，咕嚕咕嚕喝了幾口帶泥巴味的水。小腿好似被什麼東西撞了一下。鼻孔痛。然後是一陣混亂。鼻腔嗆痛。好似被水底下的什麼力量給推出水面。然後人竟然在塘邊，兩隻手都緊抓著裸露於塘壁上的樹根。猛咳嗽，把自己的身體從水中給拖出來；爬到岸上，吐了幾口濁水，仰躺。而後喘著氣，重新看到雲影天光。天光刺目，乃伸掌遮著雙眼，渾身痠軟，動也不想動。

丁驀然想起，大哥曾說過，有一年枯水，附近的馬來人來這爛泥裡撈到許多肥大的鱧魚*，還從這泥巴裡丟出幾塊厚重的木頭，他發現那是三尊灰頭土臉的土地公。他以一張紅老虎**向他們買來。把祂們沖洗乾淨後，兩尊醜的破損的拿去和附近的拿督公擺在一起，不久前給白蟻蛀得僅剩薄薄的木心，其餘化成泥土了。另一尊被他鄭而重之地重新上漆、訂製新袍、換了新的鬍子，供奉在他自己房間一角，初一十五、逢年過節必拜。讓他中了幾次馬票，換了新車、新老闆和新女友。是祂們的關係嗎？或許不過是迷信。

但丁在雜草上清醒過來後，發現天怎麼有點暗暗的，不過正午，卻好似黃昏；或有人燒火堆讓煙濾掉了陽光的尖銳。畚箕和水桶都沉到水底去了。全身滴著水回到家，免不了捱母親一陣藤鞭狂掃。以前她憤怒的鞭子掃在他屁股及小腿上時，身體都會試著扭動閃躲。但這回，丁的感覺卻像是打在別人身上，聲音很清晰，但一點都不痛。母親雖然很靠近著他吼，聲音卻像是從隔壁房間傳過來的，非常地不真實。她的臉色也顯得比平日灰黯，像舊照片那樣。

丁不禁懷疑：是世界改變了，還是他的眼睛變了？

那是丁念小學前一年的事了。

沿牆擺了一長列的矮玻璃瓶，水均半滿，瓶口蓋著木片，每個瓶子裡頭都各養著一尾雄鬥魚。瓶與瓶間有紙片隔開，一旦拉開，牠們就會隔著玻璃耀武揚威，搞到精疲力盡也不會罷休。那是丁多日來累積的，有的養在不同的甕裡。丁每天花很多時間欣賞牠們的美麗。抽開隔板，看牠們無傷的炫耀；餵食。但那天，丁只想到應該把牠們全放回棲地去，因牠們都顯得無精打采，即使拉開了隔板，也死氣沉沉。身軀與水面垂直，口朝上，時不時掀開水面吸一口氣。尾扇摺起、下垂，好似經歷了一場激烈的打鬥，或激情的交配（交配時，母魚雄魚有時會吐盡鰓中氣泡，宛如死魚那樣在水中漂浮良久）。

一瞬間，一整列的空瓶，有的倒下了，有的盛著少量的塵泥死水，游動著細細小小的蟲豸。瓶壁著滿厚厚的塵土，勞蛛綴網。

丁突然發現眼前這一切應該只屬於回憶，或遙遠的未來。他被推到久遠的時間之後，那時甚至父親已過世多年，哥哥們負氣離家，母親衰疲蒼老（難怪鞭打也不覺得疼），走起路來搖搖欲墜，獨自一寸寸地啃齧寂寞的餘年。那木頭房子被白蟻徹徹底底地蛀成一攤黃土，梁柱崩垮，鐵皮朽爛碎裂，只有水泥屋基是完整的。那感覺令丁十分悲傷。還好那只是一瞬之間，一切又回到正常狀況。

狗突然搖著尾巴站起，遠眺，一前一後沿著小路奔跑。只見遠遠的，路盡頭那端，父親騎著腳踏車，從樹林的光影裡不慌不忙地回來了。然而過了好一會，還不見抵達。莫不是途中耽擱了？像往常那樣，停下來，摘一顆初熟的黃梨，檢視皮色變淡的紅毛榴槤；或撥開草，撿幾粒芒果。但不是的，他還在路上，仍然踩著腳踏車，臉的輪廓已經可以看得頗清晰。他確實已過了那株樹型有點側彎的紅毛榴槤樹。努力越過三棵樹的距離後，狗也維持奔跑的姿勢，四肢張開，側首，歪著耳朵，好似飄在空中。

屋前光裸的地上一向是白色的大片光斑，也突然變成茶色。丁再度擡頭。往昔如果是這種景觀，不只天空會有濃煙（太濃也不行，會不見天日），多半還有絲狀的灰燼，一碰就散。但這回不是的。沒有煙，只有雲。雲在更遠的地方，略顯朦朧。可是好像有什麼東西不對勁。光穿過時丁彷彿看到天空有什麼阻隔，那事物好似有「形狀」、有「彎度」。丁移動身軀到不同的位置，可可樹下、水池旁、水蓊樹下、楊桃樹蔭眺望——確實，天空好像有什麼怪怪的。

母親呢，她的身影也被推向了遠方，一個小火堆的白煙後方，她在那裡掃落葉，但也彷彿突然靜止不動了。雞不啼、狗不叫，沒有聲音。而父親和狗也都凍結在光影裡了。有一股寒氣不知道從那裡暗中襲來。

哪裡有個聲音催促他：逃！

從天上的光的「形狀」和「彎度」，看出下降的地方是南方或北方——丁一向只認得東西，不辨南北——日升日落好辨別——丁只好往那低處奔跑。雖然身體好像在大風裡呼吸都困難，但還好還能動，逆風似的，在那凝膠似的時空裡。感覺經歷了許多辰光，赤腳踩過枯枝敗葉，尖銳的橡膠果殼（刺痛）、茅草筍尖（灼痛）、根瘤……或軟土陷落，踩扁了一個白蟻窩、蝸牛、烏龜。丁知道他腳底有了傷口，在流血，移動的速度也減慢了，但後面疑似有什麼東西緊緊追趕著，讓他不敢停下。

不知道消耗了多少時間，天也愈發昏暗，但聽得見什麼地方有水聲嘩嘩。草上隱約有一條獸徑，穿過密林。身上這裡刺痛、那裡灼熱，野藤的尖刺，毛蟲多彩的毛。穿過密林，就看到光亮；再跨出一步，就看到海了。風好涼好舒服。那是一處沙灘，浪濤拍打著，捲起白色泡沫。回頭一看，有一個略微彎曲的茶色平面反射著刺目的光。

丁退至防風林樹蔭裡，看得出那是個巨大的瓶子，有著女人的腰身和屁股的形狀，半埋在沙裡，單是瓶口就比他還高了。瓶口外側有一圈金屬環，雕著花，寫著丁不認識的藤蔓狀的字。

信步往前走，這沙灘多的是各式的巨大的瓶子，以酒瓶居多（還有殘存的醋味）。還有各色像巨大房子的破船，船身的木板錯落，底部都垮掉了，剩下殘骸，可以鑽進去感受它如狹谷般的巨大（雖然那時他還沒看過狹谷）。破漁網和浮球就隨意地拋掛在船壁。成堆的老椰子，每顆都有他家那口鑊那般大。絕望地擠在一起，泰半都抽出長長的綠色的芽，有的還攤開成葉子。

再往前走，是個河口。有淺淺的清水，奔竄的魚，許許多多的寄居蟹，然後是巨大的腳印。

大地震動。移動中的巨足，高聳入雲的身軀，帶來片刻的黑暗。風中有一股海藻的氣息。丁看到一個身體只圍了一塊布的女神朝向岬角那頭飛快奔跑。她的頭髮是金色的，下體圍著的布是草綠色的，渾身散發強烈的腥味。

爾後聞到一股腐臭味，成群的大蒼蠅在專注地饕食，高草中十數尺長的一塊什麼。靠近些，竟是一截巨大的魚尾巴。翠綠色的鱗片剝落，露出白色的肉，被咬得一個洞一個洞的，吸附著紅頭綠身的蒼蠅。

這讓丁想起他曾經落水的那片池塘。雖說深不可測，但也有乾枯的時候。有一年好久沒下雨，橡膠提前落葉以「斷尾求生」，好多樹都枯死了。大哥說他造訪過那裡。那時不止乾到看見底泥，底泥的表層且都被曬乾了。躲在裡頭等待雨季重臨的大鱧魚迎來了牠們最悲慘的命運。被馬來人抓走的之外，剩下潛得更深的都被四腳蛇給吃掉了。由於牠們頭往深處鑽，爛泥變硬後，身體就被桎梏住了，動彈不得。聞到魚味的四腳蛇來自四面八方，就挖開土殼從牠們的尾巴吃起。活生生地一截截啃蝕，只剩下空的魚頭兀自插在爛泥深處，著滿蒼蠅。蒼蠅飛走時，就露出一個黑色略帶血紅的洞。魚體愈大洞就愈大。他彷彿可以聽到頭埋在爛泥深處、身體無奈地被慢慢啃食時，老魚悲哀地鳴叫。

被那鳴叫聲喚醒的丁，發現自己不止滿臉淚水，褲子黏糊糊地涼透了。依舊是無限黑暗的夜，伸出被子外的左手冰冰涼涼的。父親並不在身邊，也許又摸黑潛入母親的房裡去了。母親房裡傳來一陣陣壓抑的神祕的啜泣。

丁知道那時他已死過一次了。那時可能就溺死在那裡頭，數日後腫脹浮出，眼耳口鼻都被泥鰍啃齧殆盡。有人說，從那樣的經驗裡過來，生命會被剝蝕掉一部分。

多年以後他離鄉在外，每每會夢見到那小水溝去抓美麗的鬥魚，經常在夢中把牠們帶到他卜居的他鄉。甚至參與綠色和平組織在太平洋阻止不要臉的小日本捕殺抹香鯨時，在那些只有短暫睡眠的夜晚，那熱帶魚五色的華麗，依然巡遊於他夢中故鄉的水塘，布袋蓮開著串串淡紫色的花。

而在心理受到傷害時，他就會在夢裡，或想像裡回到那水塘，光裸地沉到水底，躺在爛泥上，背被它吸吮著。不必呼吸，像一具屍體。那些生猛的大魚歡悅地啃食著他發白的肉身，直到只剩下白骨。想像被那尖銳的齒牙撕扯、啃食時，他有時會感受到一股悲哀的歡愉，而讓他產生強烈的生理衝動。他說，他老覺得自己有一副幼小的骸骨沉在那水底，陷埋於爛泥中呢。

然後他就看到那尾在他的童年中逃走的白鬥魚，拖著寶藍色的長長的尾巴，像王像流星那樣從水面划過，拖曳出一片水花。或者在布袋蓮葉影裡瘋狂地交配，母魚尾鰭前的開口擠出一顆顆白色的卵，大部分被牠準確地銜著，游過去，吐在葉下的泡泡裡收藏著。但有的遺漏了，竟掉到他骸骨埋處的爛泥裡，令他一陣陣悲欣交集。

據說未來會一直來一直來。但長大後我們就知道，未來可不一定會來。

如果那是「純粹」的未來，甚至可能永遠凍結於時間之外，是處於永遠不來的狀態。它好像是某種過去。純粹的過去，因其純粹，在來之前就過去了。因此未曾來。

因而他總是困惑，到底哪一個才是他的未來：那副骸骨，還是那尾逃走的魚？

（原篇名〈魚〉，收錄於《魚》，印刻出版，二〇一五年。）

＊ 當地俗稱生魚，即近年臺灣及美國視為恐怖外來種之「魚虎」者。味極鮮美，是淡水魚中極少數魚肉無土味者。

＊＊ 馬幣十元之俗稱。

未來

Avenir

陳雪

未來 A 字母會

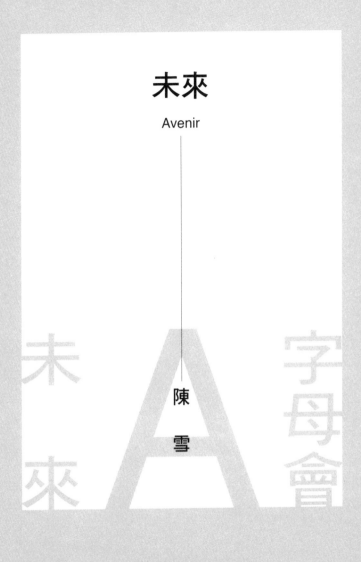

她循著熟悉路線前往他的住處，從位於北城中心的出版社出發，步行五分鐘到公車站牌，搭一班公車至捷運站，藍線轉紅線，出捷運站得再步行十五分鐘，男人家住距北城只有一橋之隔的衛星城市，名為新城，但看來一點不新，十五年前此處還是一片雜亂矮屋，地產商人規劃了一系列大樓與商店街，後來快速道路通車，愈見繁華。新城一帶盡是迷宮狀增生的道路，唯有沿著快速道路高架橋這一大路，沿路邊種起了森然大樓，一棟一棟，像參天的樹，男人居住這棟樓，外觀全是黑褐兩色井然交錯的玻璃帷幕，像插入雲端的玻璃尖塔，樓名「天空之城」。

女人在出版社做編輯，男人是知名翻譯人，他們因一本經典小說的重譯而相識，每週一次，女人於約定時間至此領取男人譯出的部分稿件，共度一個黃昏。電子郵件即可完成的工作，他們卻以人力完成，實體地見面，實體地在看不見鋼筋水泥的透明建物裡某一層樓，實體地交會。每當她來到一樓大廳，站櫃保全人員都會要她繳交證件登記，然後按下對講機跟樓上的男人確認，B棟34樓之5，她熟記著這組數字，彷彿其中另有玄機。

男人的住屋如一透明長方盒，四周全是玻璃，小小的廚房與衛浴設施居中，將空間隔出臥房與客廳，落地窗簾是鐵灰布料捲軸，白日裡全部收起，入夜則放下，女人來時，窗簾半遮，多是下午時刻，隔熱窗透進的光線溫和，恆溫的空調設施讓屋內冷熱得宜。

先喝茶。

初相識，男人由一位長輩陪同，女人與她的上司一道，四人在一間風格極簡的咖啡館裡討論工作，那屋裡的空氣與此處相似，女人後來知道，男人對於所有事物，大多是這樣的溫度。不冷不熱不多話的男人，屋內收拾得一塵不染，譯好的稿子幾乎不需再修改，準確得令人詫異。

繼續喝茶。女人年方三十二，未婚，也是新城長大的孩子，她還與父母同住，在新城北邊早期開發無度而造就的羊腸巷弄裡，時常無端地冒出一條街，七彎八拐，嘎然而止於人家門前，外地來客永遠弄不明白這些街道名稱何時開始，如何轉折，怎樣結束。女人與其父母居住的便是這樣一棟四層樓房屋裡的四樓，女人大學畢業後國外浪蕩了幾年，弟兄們成年後都離家了，她突然收心回家，兄弟們的房間被雜物占滿，父母每天都抱怨爬樓梯腿疼。她繼續居住少女時代的房間，初返家時總不適應房間的窄仄，彷彿她離家後時間就靜止的房間，壁紙家具床單仍是粉粉碎花風格，顏色褪盡的粉色紗簾後狹窄得可憐的小窗對外，緊貼著鄰居家廚房，所謂窗景能見只有陽臺鐵窗上晾曬的衣物，陽光也鮮少降落。街坊都熟，嘈雜又喧鬧，羊腸小徑迴盪市井聲音，鄰家成人與孩童發出不同等級的噪音，嘟嘟摩托車響、叮咚鋼琴練習曲、刷刷麻將搓牌、似吼似哭夫妻吵架、半吼半喊教訓小孩，生活裡的自然與不自然的聲響充斥住處周遭，經常要鬧到深夜才休止，「能不能安靜點」女人常暗自咕噥，心想存夠了錢就要自己買個小套房搬出去。

男人的天空小屋，恍惚似地，空氣幾乎不見搖擺震盪，靜得連心跳都可以感知，靜得女人身體熱起來，好像被男人透過寧靜撫摸。

客廳喝茶，透明茶壺裡滾著水，日式茶盤，陶燒單柄壺，小罐裝茶葉每次不同，釉燒小杯子握在手裡質感溫潤，女人喝兩口茶，放下杯盞，男人就遞上稿子，沒有錯別字的打字稿整齊列印，十級字，傷眼，美麗，幾乎連字的間距，墨色淺淡，男人都刻意調整過了，印在白紙上的黑色字跡彷彿被人以手指一一抓住拉整熨平，規矩且無所遁逃。女人就像那些字，從第一次碰觸男人的目光，便墮入他的秩序。

稿子放進背包，女人靜默喝完茶，兩人不約而同起身，進臥房。

靜靜歡愛。

男人偶而說話，簡述自己，說一星期一次百貨公司超市採買，即使住處附近就有市場，說寧願換車到遠處購物，除非必要絕不外食，花費長時間細心下廚，說把房子買在這裡是因為高樓密閉，隔絕地面聲息。學生往來都以傳真或電子郵件，男人甚至連行動電話也不申請，附有傳真功能的電話機收在櫥櫃裡，必要時才會拿出來接通。

只發不接。

男人話語突然停止，像簷下的雨終於落完。

無所謂快樂，無所謂悲傷，無有過去，無有將來，男人閉上眼睛，就把世界隔絕於外，時間靜止了。

這樣的人為何讓我進入他的屋子？女人納悶地想，是為了性吧！既而又開朗地想到，無論多麼孤絕，他總也需要性，認清這一點並不使她難受，反而因為感覺到男人的脆弱而心生溫暖。

所以是性。

一開始，女人對他充滿好奇，於是主動引誘。男人將赤裸的她一把抱起走進那近乎全透明的房間，傍晚的霞光裡他逼視她的臉，猶如永遠也不會吻她地偏著臉激烈地占有她，汗水溼透了床單，溼糊了女人臉上的妝，最後，男人才親吻著她花糊的臉。像弄壞了玩具的男孩，用手指輕輕調正撫摸拼湊她的五官，他的吻，像從未吻過誰那樣，非常不確定。

各方面都給人異樣感的男人。

二十五坪公寓位於大樓邊間，兩面採光，客廳面北城，男人說跨年時可以看見遠處巨獸般的大樓施放花火，像著火的塔柱，燃燒夜空，男人說他喜愛面山的房間，黑夜裡可見點點燈光在山間跳躍，「可能是鬼火，」男人促狹地說，「是山上的別墅吧。」女人毫不驚慌，「白天可看不到什麼人家，都是樹，以及隱沒在樹叢間破落的小廟。」男人即使經過歡愛也不顯露溫柔，反倒因為親近了而刻意說著冷淡的話。

兩人偶然的話語滑過傍晚入夜，他們有時凝視著天光變化，更多時刻只是依靠著床頭板上的軟墊，視線正對窗景，遠山與山群之間繚繞的嵐，山頂上色彩斑斕的寺廟，偶而飄過的雲霧，隨時間變換的窗景，他們不再言語了。

除卻男人與女人的動作，周遭均是如按下靜音裝置的無聲，帶著機械感，不自然的安靜，有時女人會不自覺地清清喉嚨，設法增加一些噪音，有時男人會播放音樂，連音樂聲聽來都像被榨乾水分似地，乾，冷，靜。

這是戀愛嗎？女人的長髮撒向平整的床褥，才使得男人有了一絲混亂，女人在男人的秩序裡感受自己的狂野，她一直是散漫的，郊區裡野大的孩子，抽菸逃學把薪水花光買衣服與男友分分合合，喜愛談戀愛的女人，隨意痛苦快樂狂亂，最初也是她開始，幾乎是無意識地，像是一件必須完成的事，她為男人卸下衣裳，看他的目光從精簡變成紊亂。

兩人份杯盞靜止在比膝蓋略低的茶几上，空調靜冷，音樂已停止播放，空氣裡有著衣物剛從烘乾機裡拿出，殘餘的低溫，化學性的香氣。

這大樓太靜了。

這不是戀愛嗎？女人的衣物撒脫在平整的床褥，男人一一為她拾起，靜慢地收拾，那時夕陽落在高樓窗景的最遠方，天空全金，連綿的山巒像女人腰際上起伏的絨毛，男人說，這是你，太陽要沉落了，我們只有一刻鐘的時間。

男人將女人抱在懷裡，坐進窗邊的單人沙發，發出鴿子或禽鳥才有的鳴聲，非常細微，近乎耳語，女人她野，以嘶吼回應，幾百尺的高空上，接近天空某處，下方地面車流湧動，人群奔走，是晚飯時間，男人與女人將自己折彎成一幅靜畫，嗚嗚咽咽，呼呼喊喊，曖曖昧昧，任太陽西沉，直到夜色全黑。

◆

作品完成後他們最後一次見面，似乎找不到理由繼續，就斷了聯繫。

一年後女人聽說男人患病，做了手術，一獲知消息女人就提著水果來訪。老地方，交證件，管理員竟然還記得她。

屋子更空了。

男人變得極瘦，寬敞襯衫底下飄飄只剩骨架，依然給女人泡茶，他說是腦瘤，爆瘦，視力減退，頭痛難耐，忍耐過一陣，某夜激烈譫妄就自己叫車急診。「惡性腫瘤，」他說，「能清的清掉，不能清的放著，化療，電療，隨他們擺布，未來就這樣了，等著它從裡面把我吃空。」女人問他要不要搬離這個高樓，男人搖頭說不，「療程已經結束，剩下的交給命運」，他說得像是平靜，也像激憤，女人也不知自己為何提起搬家一事，其實她想說的是，「不如我們一起住。」

女人每天下班後都來訪，帶來少油少鹽合適男人的飯菜，一道吃晚餐，談談話，男人說，摘除腫瘤的腦子或許有了新變化，他開始寫小說。

「科幻小說。」他說，科幻兩個字在他口中變形，憎惡未來的人或許對於未來更有想像。

從來未婚，沒有親人，不願交友，住的房子像個透明箱子，女人還記得過去那些黃昏的性交，冰冷又溫暖。不想過去了，女人是實際的，她逐日拉雜帶來衣物，一天兩天三天，就住下了，冰箱逐漸堆積食物，小物小件任意堆放。她帶男人去逛市場，夜間小學操場健走，早上起床一杯精力湯，男人都不反抗。高樓依然靜，兩人嫌擠了，女人每天下班都想著男人可能今晚就會把她趕走，那她就要提議「不如我們住在一起，新城裡找個老公寓，要住去北城也可以，我會照顧你」，男人沒有開口要她走，倒是悄悄換了臺大冰箱，給女人添了梳妝檯，訂製的大櫥櫃清空一半，每天早晨桌上擺了菜錢與零用。

他們還是歡愛，虛弱的男人時常不舉，動作沒有以前凶猛，兩人像雙生樹那樣蜷起手腳交纏，都是撫摸拉扯，女人喜歡偶而不舉的男人，他被病折騰得溫柔，懂得依賴，有了人性。

某日睡前，叨絮夜話，病後男人不自知依賴她，睡前也要與她說話到困乏，男人說白日裡寫的小說橋段，說：「未來是一輛慢吞吞的巴士，走走停停，」他聲音頓止，手指深進她的頭髮裡抓撓，「時間愈走愈慢，所有事物都以看不見的速度倒退，」他又說，女人聽不懂，但喜歡他描述未來，因為知道這些殘破的想像可以止住他的悲戚。「未來的未來，總有一日時間會突然靜止，不再動彈。」他眼神如夢，話語卻是肯定的。

小說用黑色鋼筆寫在四百格稿紙裡，每日增加，或減少，女人不去讀它，要他說給她聽，「你寫我了嗎？我會在那輛巴士上嗎？」女人知道自己口笨，但還是問了。「可能，把妳寫作一個孤獨老婦，巴士上賣熟雞蛋，一只值得一碇金。」男人說。「所以未來食物缺乏？」女人又說。

「只是譬喻。」男人說。

自己去上班時白日裡他都做些什麼呢？女人繼續編輯翻譯小說，在字與字的間隔裡，忖思著男人的境遇，五十歲的人了，不老不小，生命靜止了，他們沒有約定，也不說愛，但她知道他需要她，也知道即使自己離開，他仍會這麼固執孤獨地過下去，那是他對生命的抵抗，他定期去醫院回診，準時服用大量藥物，其他時間呢？男人帶著素描簿到街上去，回來有時什麼也沒畫沒寫，從不曾寫小說的他，或許已經活在科幻裡，寫作只存在想像。她曾提議，出版社有本名家小說需要翻譯，男人搖頭說不。她偷瞧過他的存款簿，數字已降至五位數以下，但她倒是攢了許多錢，記下帳號，隨時可以匯進來。

時間幾乎是不可靠的，住進了他屋之後，女人覺得時光減縮，又變得冗長，好似他能撥弄時間，造出許多窗格，他可令時間突然增快，也可使之倒退，或許是因為他不惜命，也或許是她太愛他了。

吃藥控制，定時檢測，但他依然清瘦，晚飯吃得遲，飯後還要去散步，他明顯體力不繼，夜裡仍要與她廝磨，「在妳的髮間我能透視時光，」他說，她看他眼神如火，感到畏懼，但由他動作，「人們將住在摩天大樓底部，地下世界。」「都是像我們這樣臨死之人。」他說，她不禁悲傷想到這主意電影都演過了，怕是男人已經虛弱到缺乏對於未來的想像。

「許多巴士在廢墟裡巡走，直到最後一滴汽油燒乾，」男人繼續說，她還是喜歡這個巴士的隱喻，很有詩意，「賣礦泉水怎麼樣？」她問，不免還是要關心自己的角色，「或許，該讓妳扮演最後的救主。」男人說。糟糕，又是老哏，女人似乎以男人的創意來推測他的病情，病後的男人變成絮叨叨的老人，天啊他曾經那麼冷漠，大家都怕他，誰也弄不清楚他的出身。男人長得一張俊臉，長手長腳，如果是一部電影，那應該由豐川悅司來主演，女人又想，跟現在的年輕人說，他們還記得豐川悅司嗎？

男人幾乎不下廚了，簡潔的廚房時常堆滿髒碗盤，冰箱都是剩菜與廚餘，他唯一會煮的東西是中藥，啞巴媳婦在流理檯上呼嚕呼嚕滾，這次中醫看得久，但兩個月後他不再去了。

窗外遠山上都是電塔，面對他這扇窗就有十三座，「會不會是電磁波造成的影響？」女人問他，他笑說：「我可能很早就病了。白天夜裡常有幻覺。可能妳也是我的幻覺。」

女人笑不出聲，因男人確實夜裡時常大聲說話，擾得她不敢深眠，「可能妳也是我的幻覺」這話，使她驚覺自己深愛著這個壽命不長的男人，男人從不吐露他的過去，滿口都是未來，他描述小說裡以文字建造的那些房屋，地下十層，地上一百層，地下一年，地上已經歷瞬變，「我想父親也是死於腦癌，」男人突然冒出一語，難道也是譫妄之言，女人不敢打斷他，他繼續說：「父親死前幾年，一直被看作精神異常，他口中喃喃，突然大哭大叫，鎮靜時，又總是小聲說著胡話，」他苦笑說：「就像我現在這樣。」

男人把頭埋進女人胸前，他那麼寬大單薄，短髮覆蓋的頭顱看來如此正常，女人趴在他頭頂上靜靜流淚。「別哭，巴士的意象是父親告訴我的，那時鎮上剛開通小站，每天兩班公車經過，父親帶我上街去看公車，他說，公車會將他送進未來，他要我謹記，別哭，他將在路的盡頭等我。」

開始啼哭起來的是男人，他說父親一日搭上公車便不再回家了。「我在路的盡頭只找到一家警察局。」

有日早晨男人兩眼全盲，女人將他緊急送醫，癌細胞已擴散至視覺神經，幾乎占滿了全身，醫師抱歉說是最後了。女人在安寧病房日夜與他相伴，病榻旁，他安靜地接受注射，點滴輸送嗎啡延續生命，她打開了男人的手稿，企圖將之整理成冊，那個故事寫在未來，二〇三八年，起初仍有情節，但劇情全都是破碎的，半途之後，文字開始難以辨認，字句已接近謎語，男人的字體愈寫愈大，後來的紙張，有幾頁大大地寫著女人的名字，寫下許多生活細節，像是提醒自己如何假裝仍有記憶，想必那時他已用殘存的視力勉強維持與她的生活。女人悲傷闔上紙稿，走向被紗布蒙著眼的男人，溫柔地給他擦澡翻身，「我記得第一次見到妳，」男人含糊不清地說，「就看見了將來。」

「因為我看見妳，一身素白地為我擦身，而我已經死了。」

女人撫摸男人的手，拉開椅子坐下，她清清嗓子，像要唱歌似地，開口說話。

「多年以後，高空更高，地底更深，人們可以上天下海，小男孩還記得當年父親帶他去等公車的那個下午，陽光燦爛，泥土路上擠滿了好奇的人潮，」女人修補了男人破碎的小說，把男人的手背吻了又吻，放在自己胸窩，她說：「我把你的故事說完前別死，因為我會成為書裡的巴士司機，我會帶你到路的盡頭，巴士會把你父親載回來的。」

未來

Avenir

童偉格

字母會

未來

我盼望取得你的同意：等到四周都安靜下來，你就要再次出發。現在我仍然猜想，悲傷是真正存在的，在心臟上方，這裡，靠喉嚨一點點的位置。它不是表情，不是哽咽，不是姿態。它什麼都不是，只是就在這，沉沉靜靜，又像不在這。就像昨天早上，六點前刻，你又自動醒來，坐好，發現窗外一直好靜，才明白附近巷內，芳鄰的母親，原來已出殯了。所以，不再有從六點起，每時辰放送一次的孝女哭靈了。你從小怕聽人用麥克風哭嚎，何況還佐電子琴伴奏。你只好自動坐好，讓自己有點準備。就像昨天早上，你坐著坐著，發現窗外其實也從不安靜：摩托車發動的聲音，鐵門開關的聲音，自己摩臉的聲音。遠方積雲在山後緩行，你確信，它們一定也正發出什麼聲音。它們不可能毫無聲音。那時你才明白，只有她是，是她早就沉靜了。過晚知覺，像真看見往日也長排列隊，都走過了，才理解對你而言，始終就只是這小小念頭，這總報廢一切話語的想法，靜止在喧鬧中央，那原本該是的回應位置上，絲毫不被撼動。若有差別，也只是比往常，更清楚聽見身體各處，向這處死寂發出的種種信息。瘦疼的，乾渴的，或空前陌生的，像由遠方折返的回音，像測量距離的聲納。像一種終於的告知，或長存的召喚。好像一日日，只要再向這沉默核心，聚攏得更濃更重，你也就能閉眼認清：盡頭，那無論如何聰慧，或駑鈍如你的你的同類，都無法從中返還的盡頭，原來，就是這樣的一種抵達。

或者重逢。或者終於，能夠交還這已被話語，給經年保守的小小念頭。這是最後要做的事了。此時你獨坐，聽著震動空氣的種種雜音。此時你自己，就是燃料將耗盡的人造艙體，迫近將臨的病歷。我猜想，你將被時光順勢推移，送進那無風且失重的地帶。你將無法抗逆，也終不能痊癒，如同每位先行的往者。我只是猜想，因我無法親歷任一往者的心靈，重建任一被時間刮擦過的舷窗，真看明白那地帶的星象。我只能寄望於你。寄望若有可能，在穿行伊時，你真能明白那必然是我十分無知的，真實的什麼。我時常，且也樂觀這麼想，想著你也像是回音，你逐字逐句親自確認，回報向無法親歷的我的話語，必能使我深切明瞭那些，我僅能從閱讀，從他人寫就的偽人生裡，勉力黏合起，磚瓦拼湊成的人生圖像。我猜想，那些圖像，對比於此時這樣樂觀的我，原來，竟還是種種更為樂觀的假設罷了。你看，獨語之時，我總不由自主，將話說得太過迂迴，繁雜而重複，像過往那些，曾無可倒逆重製過我的書一樣。在這衝撞不出的人造艙體裡。我以為總有一日，在老衰耗弱中，同樣被時光給無法復原地重構的你，將要明白告知我，所有那些你過早習用的比喻，比起衰耗的漫長實況，都其實並不精確，且太過單純了。

這差不多，是現在的我，對你的惟一期待，與每日不離不棄，這麼觀望你的惟一理由了。你是我惟一有資格去教養的人，我的學徒。我差不多，是以一個最簡潔的比喻打造你的：每個人，都是一座走動的墳，我們都謀殺掉了關於自己生命的諸多可能，親手掩埋進心的深處，若有的話，於是，成了現存的惟一一種樣子。我觀望你短暫熟睡，看著昨天凌晨你醒來，察覺自己又向那盡頭迫近一日。在一切永不止息的雜音裡，你首先是被自己的鼾聲給吵醒的。你醒來，感覺體內臟器，衝著自己口鼻，發散一股難聞的氣味。往者的氣息。在那意外深眠的片刻裡，它們皆在你體內懸浮，鼓脹，擬造時間的長河，焦躁追問彼此：末日已近，還有什麼是往日記存，醒來想說的。當我這麼觀望你，我猜想時間長河，在拓樸學上準確的意涵，也許，象徵著無時差的遠離。這麼想像：有一條漫長的忘川，潛伏在同一時區的地底，她從最炙熱的夏天，曲折向北流。她流進秋天，在冬天繞進自己背面。如此，她不止息，在同一時刻，她纏繞四季，奔回自己的起點。那就是我想像的，也這樣依於一個比喻，為你擬造的記憶末日：所有溫度與光影將一時俱在，且將一同，在起源處耗散，對像你這樣的一名追逝者而言。

你記得。對的，你將永遠記得童年夏天，颱風過後，一艘船擱淺在那片淺灣。你們走到沙灘，看見沙地上，暴雨行過的紋路，及斜傾的船體，在海面上。父親答應替你們游過去，摸一下船板，以為紀念。父親其實是走進波浪裡的，頃刻就不見身影。你們專注看那艘船，看鐵鏽的船體，在海天中無聲靜立。當父親再從海中走出，他右手貼著左肩，血水沿掌縫不斷滲出，在手臂上凝成淡紅水珠，劃著怪異扭曲的線條，彷彿一世紀之長，才滴進沙地裡。父親苦笑，說颱風讓海底的礁石全錯了位。不過他終究摸到船了，他向你們展示右手掌，紅熱斑駁，彷彿也就地跟著鏽壞了一樣。不過奇怪你們所有人都笑了：好像是為了拍一張合照，你們全都幸福笑著。多年裡你醒來，依憑這類凍凝時序的記憶格窗，來拾撿自我。多年裡，你且也將一切可能的話語，傾進那些格窗的細節變造裡。於是你恍然，或終於再次過晚知覺，那原來為他們拍一張合照的人，竟也就是多年後，姍姍來遲的你自己。

你始終是自己最近臨的讀者。對你而言，是那個未來的觀望位置，讓所述一切皆太過逼真，也同等妄偽。如同更多年後，這樣觀測與重建你的我，對你的感覺。其實我明白你，知道你並不僅憑記憶去兌換話語，並不真能向外觀看什麼。你的專注從來就是你的遮障，每次你張眼，重思那些描摩話語，你都彷彿是在重新演練，我交付給你的第一道寫作習題。那時，我囑咐你：

就寫最近一次醒來，張眼所見，第一道光線的樣子，就這麼去寫。那時我說：像這樣的練習，最好是在光已逝去的夜裡進行。我的意思是：可能的話，最好從今而後，把將要寫就的一切，首先皆拋擲進回憶裡去觀看。我要你練習用「我記得」，做為提取一切話語的禱詞。是的，禱詞。因為由此，描述那道已逝的光時，你總也連帶記起曾被那光照亮過的什麼。因為回溯自身，往往也就是一種光照，是在照見之時，黑暗與虛空，才首次生長出事物。那就是你將成的歸所：是這由話語，在虛空中橫斷的一條路徑，你立身於此，而遠遠，不是任何現成的家屋或故鄉。是這樣，你像失憶者那般回憶，總顯得過於艱難地，積累詞與物的關聯。總在直述句中，混淆原本可以直接陳明的意義。

你漸漸明白，這是一種自願的流徙與隱遁，從任何你張眼所見，被光照亮的實際居所。此時你臨窗獨坐，在最近一個臨時居所裡，你並不願意去觀看，遑論記憶它。此時你想起昨日傍晚，在路上所見的落雷。那時，這個你猶十分陌生的城市，塵埃酣飽了辰光，在天將暗時，它們游離，飄浮，堆積在天空的弧線上，盆地頂端圓滿加厚。光電一次次照亮那陰霾，如此俐落穿越，在虛空中一次次延伸壓力的飽和點。那時，人們都棄車在路肩，拿出照相手機，攝錄這偶然的成景。那時你站在後方，看著這樣一排在初次觀看同時，以光以電迅疾取景留存之人，心中油然羨慕。很快暴雨就將落下，這次暴雨將極有耐心，綿延不去，裝滿城市每條隱藏的小巷，在臭水溝打旋，彎過變形的防火巷，跳躍過枝節叢生的鐵柵，盈滿一切。那時這些人都將自然走散，尋回各自的時序與遮蔽。在他們的口袋，或行囊中，這一小巧機具這一精細晶片內裡，存留大量如此已然崩解的時光碎片。你以為，這實是最為稱職，最強而有能的追逝作為。因為行使與留存這一切之人，在看見之時，即已閉眼不看了。此時，你猶閉眼在泥濘中穿行，依循以話語橫斷的道路，看一切，都像是童騃時，渾噩夢囈漫無所止的延長。

現在，你獨自拆卸可見未來，可以支用的每一天，只為了抵達，重回任一能精巧記憶與忘卻之人，都已自然走散的無人之境。這是你的話語，卻也只有話語得以逆溯：你向光的出亡處逆行，尋索那最初的遺散。所以現在我仍然猜想，那不無悲傷，當你最後終將聽聞，那其實早就沉靜的了。現在我這麼觀看你的靜默。現在我要代你，調動所有一切你慣用的話語，將你已寫就的一切，擠縮進一個精巧的晶片裡，代你去重閱。現在你聽：遠方開始有人回返。現在我們相約靜默，開啟雙耳，在你所打造的他的舊居，聽著無數散失卻不遠去的聲息，在舊書堆裡，在土磚牆邊，在瀝青屋頂下，在木床上相互撞擊。

在山村，在海角，整間房子總是如此，在無風夜裡驚悚難安。它像是自己深陷在內的夢境。現在你看這個夜裡，年輕的他躺在床板上，被交錯難以盡識的人影所驚醒。在現實與虛幻的懸界上，他開始聽見細細索索的嚼咬聲。經驗提醒他，必定是田地裡的野鼠，跟蹤自己的味道進了屋。他一驚，趕緊伸手探摸自己的耳朵，耳垂冰軟無恙。他鬆口氣，定定神，摸到床邊的鐵扒犁，翻身而起，追蹤耳前那道聲響。什麼也沒有。也沒有什麼會是他想念的，例如母親的背，在童年時為他遮蔽與前引，他透過母親的指尖直視一切，一片田地，相顧而掩耳竊語的人群，書架上滿牆的書。屋外的狗孤立吠著，光陰讓他察覺自己童稚的手所環抱的，不外也是同樣白皙如蛆，脆弱苦欲的身軀。你看他的母親，以奇特方式等待，彷彿在初老之後才開始重新生長。村人皆笑他們癡愚，而他也只是回以訥訥傻笑。你猜想，你費力捕捉自己未曾經歷的。你虛擬一種去時間的老去，細細微微，如同聲音被風化般逐漸淡去。銀白的屋梁與庭地，你看，皎潔如兮，靜極的月出時刻。

現在你要臨摹他的離開了。現在他年過半百，仍睜著孩童一般灰濛的瞳眼，專注的眼神只為了不讓自己跌倒。他很快找到多年來步伐的慣性，然而就從現在開始，這道依循萬代，泯滅又印上的足印，第一次，有了輕盈的節奏。你總讓這樣一個人，獨自穿行過無人地帶。現在他來到祠堂，點燃兩炷香，一炷祭給母親和諸位神靈，並且最後一次回想起母親的背，安穩的靠在靈柩底，從此不必屈身，永世的安息。另一炷懸在祠堂門外，獻給他的村莊，仍在夢中歡樂受苦的他的村民，永不睡去，扶佑他過半個世紀的無名諸鬼，與經由他的手紋，化出的田野諸物。現在他誠心奉獻，邀宴眾靈前來，退開一步，向無極宣告，大門已經敞開。現在他像我們這樣側耳傾聽，然後無聲應答：是呵，就是今天呵。現在他輕撫祖先牌位。用冰冷的指尖化釋木紋的溫度，百代以來，被這點溫度所羈禁，戀戀不得超脫的怯生神靈們，依著執念的深淺，點點慢慢釋放出自己。牌位上的紅漆，紅漆上的黑墨，在冰冷中漸漸消融，不再是眼中所見的任何顏色與文字。現在你讓他靜默說著神的話語：請進呵請進，他說，既然如此，你們都是我的父親。

現在，你看他走出祠堂大門，走出門前的曬穀場，細雨仍不停落下，穿過他糾結泥塊與草屑的亂髮，一滴滴匯成水流。他愉快閉上眼睛，任這些水流在自己的鬍渣上，結成冰柱。現在你將凍結他：他在短暫片刻間，不經意露出的微笑，以一種永恆上揚的角度，被永遠凍結在陽光炙裂的深褐膚色上。他在泥地裡，逆著車輪傾砸過的軌跡，一不留神，走上一條與我們集體進化相異的道路。你將一次次模擬這樣的退化。你將一路拾撿他，觀看他一路拋擲視覺，嗅覺及各種知覺的追逐與爭奪。忘了手足卻繼續向前後退。直到移動的最後，他將永遠失去體溫，從一個莫須有的村莊，永遠失去，消失在你以全副言說，織造的網絡之外。這是你的話語，你一次次以各種方式，執拗，徘徊，且重複延異的拓片，一個對他人而言，總顯得十分怪異難解的離去之姿。現在，我已為你收攏，歸結，返還給將來的你，那最近臨的讀者。

是的，就是今天。現在，我已從你的人生圖像，提取出這個小小念頭。我已代你，驅趕所有一切你慣用的話語，是因此，你才再次，且真正成為一個沒有家園的人。你終將適應這一切，倘若這個已然開啟的衰耗，會持續經年，長過你已經歷的時光。是這樣，我觀望著諦聽沉靜的昨日的你，我頗好奇，你將要說些什麼。我且也樂觀猜想，也許，你想被周遭雜音，被一個未來世界，以更自然而輕盈的方式給涵蓋，一如雨，一如城市，一如海，一如房子。一如其他你得重新辨識的語詞。現在，當我也靜默了，你才再次，也真的就是孤身一人了。這是你要做的事：洗澡，刷牙，剪指甲。右口袋錢包，左口袋鑰匙，摺傘放書包。練習日常的語彙。練習像個正常人那樣運動與進食。練習正常的記憶與忘卻，不要擬造任何妄偽的場景。你出門，和一切內心中皆重層埋葬話語，口袋與行囊裡皆藏存時光碎片的人正常交談。你不要害怕，一次有禮交談的意思是：不會有人想一次調動所有話語，像我對你所做的事那樣。

學會躲雨，等雨停。如此你再次出發，像多年以前，你從自己去過最遙遠的地方被釋回。那時你的平頭尚不及長長，看起來，就像一個剛從異境歸返的人。那時每隔三天，你帶母親去植牙，看她將牙齒一顆一顆，逐次種回來。那時，你們真的就是世上最怪異的一對母子了。但那時你們，且能那樣平靜，一點一點，慢慢修復小小的什麼。你要記得這件事，如果只能記得一件事。如此，我將不再驚擾你。我將永遠靜默。我將記得你今天再次出發，獨自前行進我不能親歷的將來，那之於我，惟一僅剩，尚未揭曉的神祕。

未來

Avenir

胡淑雯

未來 A 字母會

小海的童年結束於十二歲的春天。據說她此生最美的模樣，就寄存在那早逝的春光裡。此後，小海就毀容了。沒有發生什麼驚人的戲劇，沒有。沒有潑酸，沒有惡疾，或揮刀破相什麼的。小海就是變了。少女的肌理是生的，生手的那種生，生肉的那種生，敏感得要命，易碎得很。一旦被某種自卑自賤的醜陋感捕捉了，毀壞就爬了進來，從最細緻、最柔弱、因此也最美的地方，開出細不可察的裂縫，讓醜陋進來。只不過，小海逐漸進入醜陋的過程，正是她愈來愈受異性喜愛的過程。可見，醜陋並不是美麗的對反，而是美麗的一種。

那個春天，在小海的記憶中，是日復一日緊張兮兮的黃昏，閃著彩色的電。每日放學後，總有幾個男孩跟著她，把回家的路弄得很曲折。最壞的那幾日，氣象預告大雨將至，厚重的雲層垂墜欲滴，成片的黑鳥鋪滿天際，撒網似的層層膨脹，擴散，直到隊形即將潰散之際，倏然收斂、聚攏，彷彿大難臨頭，而壯麗的愛情正要開始。但該下的大雨始終沒有落下，苦悶的白色杜鵑等壞了一季的春天，未及綻放就成片枯萎了。那些纏著小海放肆求愛的男孩們一轟而散，跑去愛別人了。

小海當時六年級，放學回家的路上，已經習慣了身後有人。男孩們呼朋引伴跟蹤她，看她等公車。其中兩三個特別積極愛玩的，會跳上小海搭的車，決意跟蹤到底，但他們總是跟丟。小海從不退讓，不讓他們得逞。同學們習慣的交通方式，無非父母接送，司機接送，傭人步送，校車接送。小海搭公車，這讓她顯得很特別，特別孤獨，特別神祕，呼喚著殘酷的好奇心。

這套小學生的求愛遊戲，為的不是女孩的快樂，而是男孩們的歡趣：結盟與競爭。事情是這樣開始的：先有個意見領袖，名叫馬克——這個少爺自幼接受雙語教育，慣用英文名字——出於青春期早熟的攻擊性，恃寵而驕的征服癖，或者更單純也更邪惡的，不虞匱乏的富裕生活導致的無聊感，讓馬克在眾目睽睽的操場上，以躲避球瞄準小海，砸死她，以之宣告，這個女生是我的。

少爺的嗜好，附身於一顆堅硬的球體，攜帶著遊戲特許的暴力，直直撲向小海。於是「女神」誕生了，誕生於少爺的指尖，那「指定的瞬間」。女神痛死了，少爺的球技從不跟你開玩笑。其他的男孩為了趕上少爺，贏過少爺，轉而與少爺稱兄道弟，於是拉幫結黨似的，投入種種與「稱兄道弟」相形相生的合作、結義、競賽，爭霸、征服、取代。男孩們團結起來。團結，為了競爭。如此成群結隊地，以一個女孩為美，為一個女孩神魂顛倒。通過這特許的、然而並不由衷的集體傾慕，貶抑其他的女孩，離間這女孩與其他女孩的關係。他們就像一個幫派，一個社團，一個政黨或派系，為著自體的循環擴張，不斷舉辦著玩不膩的派對。

少爺的消遣是昂貴的。小海受邀參加了許多生日派對、耶誕趴踢，也收到許多禮物。她無法消化那些禮物只能退回，因為她無法回禮。倘若禮物的本意是「往來」與「交換」，光是回贈那些比較「平凡」的禮物，小海已經讓自己的父母吃不消了。在種種以餽贈溝通財富，建立友誼的過程中，小海隱密地發現，她無法在這樣的物質世界裡自在安居，她與少爺活在全然相異的「物質地層」裡。在那片地層中，小海是某種脆弱的特有種，是地動或海嘯翻進去的例外。

在那互通有無的儀式裡，少爺是有，小海是無。少爺的餽贈，偶一為之可以，然而，當這類從「有」到「無」的單向流動變成常態，就成了捐輸，或者賄賂。這會讓小海成為對象，成為物，讓她無法依照自己的喜好拒絕或答應某些聚會。

在少爺小姐的私人宇宙中，傭人與司機是基本配備，請不起是你們的錯，你們有責任請得起傭人，而不是去別人的家裡幫傭，當司機。這樣的發現，讓小海陷入深深的孤寂。

小海臉上有著家傳的寂寞神色，那是一種不認命的，下女的神色。這樣的神色，由外婆傳遞給母親，再由母親傳遞給小海。這是一種社會遺傳。如果下女信任你，看得起你，也許會慷慨地向你揭露那眼神中，沉默而深邃的，對上位者的鄙視。但是少爺家裡充飽了某種獨特的氣壓，令工人與小販的子女陷入沉默，隱匿自己的生活方式。這裡有上蠟的地板，自成一格的摩擦力，過度光滑的地面好嚇人，讓「不夠格」的孩子，在精緻如釉面的環境中，摔個四腳朝天。有些人怕摔，只好以緩慢的速度躡行，躬著背，屈膝行走。也有人為了避免再次滑倒，竟滑稽地將四肢伏在地上，以貓狗的方式前進，並且自發地，在無人禁止的情況下，停止使用家裡的語言。彷彿有一座蒸溶器，將某些特定的語種汽化於無形，消融在大門之外，成功地將語種變成美學問題，讓孩子們以為，有些語言是天生醜陋，殘疾發臭，缺乏衛生的。

成群的男孩之中，有一個例外，他的名字叫阿怪。阿怪寫詩，這讓他成為笑柄。阿怪有點胖，著急的時候會結巴，這大概是他寫詩的原因。小海緊張的時候也會結巴，所以她不說話，經常只是點頭，搖頭。好在她成績優秀，不會被當作笨蛋。沉默的習慣被當作文靜，文靜的少女，氣質過人。而小海的口吃，她自己記得很清楚，是入學以後，強迫換語開始的。家裡說的那種話，一旦遭到幽禁，小海就漸漸流失了語言的自信，在隱退般的靜默中讀了五年半的小學，齒顎與下巴演化出優美的線條，愈來愈適合拍照，愈來愈適合沉默，因此也愈來愈適合彈鋼琴了。事情就壞在這裡。小海不該去學鋼琴的。至少，她不該讓同學以為自己也會彈鋼琴。這該死的虛榮心。

少爺打算參加小提琴比賽，請小海擔任他的伴奏。對少爺來說，這是一場人格教育，意在鍛鍊心理素質，然而對小海來說，這是一份注定失敗的功課。小海要怎麼告訴他，你給的琴譜我根本看不懂，我其實不會彈鋼琴？小海捏著琴譜像捏著一條失火的腰帶，請鋼琴老師惡補。時間只有四個禮拜。老師是個年輕的業餘者，休職在家帶小孩，學費低廉得可笑，一邊教學一邊餵奶換尿布，動不動就哭，哭完了就拿出點心與汽水招待小海，說，我們來唱歌吧，不要告訴妳媽媽。

老師是贗品，學生是贗品。就連那些投入於琴鍵的黑白時光，也是贗品時間。練習第二週，小海走進老師的客廳，只見滿地凌亂的衣物與玩具，琴蓋早就掀起來了，鍵盤上躺著一塊黑黑的東西，是小寶寶剛拉的屎。那東西怎麼會跑到琴鍵上呢？小海無法理解，她只知道，老師一定是個經常傷心的人。那就退賽吧。總比上了臺才穿幫的好。接下來的一兩天，小海努力讓自己扭傷手踝，這事不難。她請了病假，寫了一封道歉信，請少爺趕快找人頂替她。

病假結束之後，小海發現，男孩們不再跟蹤她了。少爺不再遞紙條，送禮物，其他的男孩也隨之中止了那些花花綠綠忙碌鮮明的示愛。他們的行事風格有了轉變，在課後推推擠擠，拿鏡子探照小海的底褲，隨手觸摸小海的身體。這不是往常那種熱情而幼稚的消遣。

有什麼東西消失了。所有柔和好奇的慷慨，一概消失了。

小海退下女神殿，成為女神的對反。

小海的面貌並不驚人，驚人的是語言的力量，遊戲的力量。再沒有比集體愛慕更浮誇的語言遊戲了。而戀愛本是為虛榮服務的，包括小孩之間的戀愛。一旦少爺收回了他的傾慕，小海就再也不是那個最漂亮的女孩了。但，小海並沒有失戀的感覺，只覺得屈辱。小海告訴自己，她對父母的愛，並不允許她同意像少爺那樣的人，那樣的一種擡舉，偏心，與錯愛。假如他們是好的，則她所來自的地方不就是壞的嗎？假如那裡是美麗豐饒的，這裡不就是醜敗匱乏的嗎？

有一天，阿怪在放學的路上追上小海，以坑坑疤疤的口吃、受傷跛行的語速，對小海朗誦他寫的詩。阿怪說，一旦妳跟他們想像的不一樣，他們就不知道該如何喜歡妳了，但是我不會。

走開，小海在心裡斥罵阿怪，我才不要跟你走在一起呢。我不要跟你變成同類。而小海之所以不願意親近阿怪，正是因為小海知道，他們是同一種人。一旦相互靠近，就很顯眼，坐實了他們是同類——同一種比較低，比較匱乏，離幸福很遠的人。寧願各自守在一人份的孤單裡，安靜地，堅強地，在個體的孤立之中奮進。不求和，不取暖，不要冒著物以類聚的風險，獨善其身，考第一，贏得數學比賽，語文比賽，書法比賽，唯有如此才有希望，才能得到老師的寵愛，或某幾個同學遙遠的崇拜。——無論小海再怎麼否認，那些事情都確確實實占領了她的心靈：少爺與他的同黨們，那種買家的神態，讓小海感覺自己是個瑕疵品，被人退貨了。而少女的肌理是生的，生手的那種生，生肉的那種生，脆弱得要命，必須趕快長大才行。

豪雨來襲的那一晚，小海的臉頰破了一個小口。是在睡眠中被咬傷的。事發時她熟睡著，毫無抵抗力，尖銳的疼痛像刺刀一般，由表皮扎入肌膚，侵入睡眠，誘發了一場噩夢。小海在夢裡經歷了一場皮開肉綻的災難，在夢裡痛得大叫，隨即破夢而出，在夢外發出實實在在的叫喊。

四周很暗，夜很深，小海半張著眼睛，分不清臉上的疼痛是幻痛還是真的。小海將意識集中在臉頰上，感覺那疼痛不但更明顯了，似乎還會移動，她伸手觸摸痛處，碰到一球溫熱的，靈動的活體，知覺浮盪於半現實與非現實之間。忽然，那團溫熱的小東西發出細細的叫聲，奔過小海的口鼻，下巴，喉頸，與胸口，小海這才確認了，這是一隻老鼠，她被老鼠咬了一口。老鼠細細的爪子輾過小海的體膚，像一株黑色的枯樹穿過一座廣場，所到之處，盡是陰影。

是老鼠，沒有錯。月光爬上天花板，這是她熟悉的圖案，自己的房間。窗外有雨聲，啊，總算下雨了，這雨聲可以遮住許多半夜的哭叫聲吧。小海的臉上有咬痕，痛處微微溼潤。在如假包換的現實裡，在暴雨封鎖的黑暗中，她的血看起來是黑的，摸起來也是黑的。

天色亮起來的時候，雨已經停了，但是小海家裡淹了水，水深及膝。

媽媽讓小海穿上便服、短褲、雨鞋，將前夜熨好的制服，連同皮鞋與白襪子，裝進塑膠袋裡，要她到了學校附近，再借用加油站的廁所換裝。出門的時候，一個淺淺的紙盒漂過小海的身邊，裡面窩著一隻黑鼠，以及一球一球粉紅色的肉丸子。是一隻母鼠與牠的孩子。那些粉紅色的小肉丸還沒長出體毛，眨著濾泡般睜不開的大眼窩，發出恐懼的吱吱聲。幼鼠是天生半瞎的。小海看著這窩半瞎的幼鼠，心想，半夜裡咬醒我的會不會就是牠們的母親？這隻母鼠是來通知我逃命的嗎？唯有會死亡的，才叫作生物。

小海在惡水中步行了半個鐘頭，總算離開了積水區，搭上了公車。抵達學校的時候，第一堂課理當結束了。小海匆忙奔向校門口，發現校門並沒有開。她站在鐵門外觀察，等待，直到一個工友迎了上來，笑她傻，「今天停課，放假啦！」市政府清晨發布了緊急通知，但是小海家淹水停電，來不及收到消息。小海傻呼呼涉水赴學，絕不輕易翹課的精神，被傳了開來，在隔日的朝會得到表揚。只有小海聽得出，同學們的掌聲歡呼，夾帶著曖昧的羞辱。

就在這一刻，小海瞭解到，童年結束了，真實的人生開始了。再怎麼聰明，考第一，也無法讓妳免於傷害。就連漂亮，也無法讓妳免於傷害。於是要更聰明，更漂亮，此外別無依恃。絕對不要輸給他們，輸給學校，輸給權勢，輸給少爺。小海暗暗起誓，要成為一個比聰明漂亮更加聰明漂亮的人，同時帶著這樣的覺悟：再怎麼聰明漂亮，也無法讓自己免於傷害。

小海的童年結束於這一天。她此生最美的模樣，就寄存在那已逝的大水裡。此後，小海就毀容了。只不過，小海逐漸進入醜陋的過程，正是她日漸成熟，世故，學會謊言與魅惑的過程。可見，變醜並不是變美的對反，而是變美的一種。然而，童年是不會結束的。童年之深邃在於，就算時光與肉體帶著妳走離了好遠好遠，童年始終不會忘記妳，它就像某些油畫裡的女人，帶著一抹古老而純淨的微笑，持續地跟妳說話，回視妳以永恆。真的，假如妳看得夠久夠仔細，油畫中的女人是會回望你的，就像童年一樣。

未來

Avenir

顏忠賢

未來

A

字母會

下雨了……我們仍然坐在那裡。

「要忍住，整個過程會很忐忑不安，會又煩心又開心，甚至，就像一種古怪的遊戲，一種不太有療癒感的療傷法，一種無以名狀的神祕經驗，或許也就像是一種更意外的修行法門。」帶我們進去的人微笑地說。「快下雨了的時候在那裡泡還比較受歡迎。」「你那香港腳的那種又小又碎又難看的傷口反而比較受歡迎。」我們坐在那裡亂說話來分心……面對著這些奇怪的小型的水中倒影裡的3D食人魚般的威脅，我們都不知如何解釋，甚至，也不知如何面對。

「這是我們這很多溫泉池裡最有名的特色，一種叫作溫泉魚的足湯，很有療效……但是，不要怕，因為，往往泡的時候，好多女人都會一直叫，因為女人比較怕，比較怕痛或是比較怕癢。」

這種溫泉魚乍看起來只像極好動也極好強的小隻鯉魚，顏色繁複華麗但仍然充斥某種神祕莫測感，而在成群游動時就像一種鮮豔的雲彩在無盡妖幻地成形又變形，然而那些溫泉魚的命也很脆弱，牠們就是吃動物的病態角質維生。所以，吃腳的傷口或皮屑反而很好……

「只是，你們被咬的時候，不要怕，不會痛，只是剛剛開始會覺得怪怪的、麻麻的，就像第一次被帶去那種有點古怪的科學中醫療法，有種像坐電椅的刑具，其實就只是插電的針灸，針的後頭，連接到電器上，有按鈕可以調節電量，太強太弱還可以看每個人的狀態來調，整個麻麻的怪怪的經驗，太像了，就是……像被行刑也像被伺候，有種怪異的又害怕又喜歡……」

「你的魚好多，我都沒什麼魚。」她抱怨著……

「大概是因為妳和妳的腳都太不病態了……沒什麼好吃的。」我安慰她……

後來，雨又下更大了。就在那雖然有出挑部分斜屋頂當雨庇的池畔，我們仍然有點被雨水濺溼，為了更分心，我就說到有一回躲雨的怪事，那是多年前的一個陰霾的下午，我們約好了那天回去要去陪在姊姊家的八十歲的姑姑，但是有點意外……因為到了我姊姊家的樓下，按電鈴，沒人應門，打電話也沒人接，只好待在她家一樓的一家沒開的廉價咖啡店外面，等她們應門，但是，很久了，還是沒有回應，而且，雨還愈來愈大……我待在那裡，不能動，才留意到……左牆邊有一張很大的全部牆面的輸出，那是威尼斯的街頭咖啡座，歐洲的古城老建築立面，廣場旁，高聳而華麗的中世紀教堂的鐘塔前，一些坐在桌前看廣場鴿群飛起的喝咖啡的老客人，但是，整面牆的畫面是全部黑白的，畫質很粗糙，像是一張放大失敗甚至斑駁到角落都已然剝落捲起的舊照片。而且更戲劇化的停格是那裡竟停進了一臺車身都鏽蝕的破計程車，髒兮兮的烤漆黃色坑坑窪窪地落漆，只有大面駕駛座前的照後鏡所懸掛那一串舊十八王公平安符中的唯一的媽祖小尊佛像，是考究的古董，但眼神出奇怪異地仍然晶亮閃爍。整臺舊車身就還是硬生生地斜插進已然很窄的騎樓，使得極狹窄的那地方更擠了，本來有兩三張桌子偶而會擺出來的門口，因為生鏽的鐵門完全拉下地關着，使得整個場景像是極壓縮折疊成某種難以形容又難以置信的古怪。一如，從我只能坐在旁邊的摩托車上的座墊上看向計程車窗裡去，可以看到照後鏡片下吊著的十八王公保平安符狗千歲的臉，就在威尼斯那老教堂聖殿入口的古十字架前，還遮住了一個剛要走出來的神父的上半身身影，而駕駛盤和雨刷之間，擺滿了太多奇怪的小物，舊舊的防測速器，缺角的霹靂布袋戲公仔，落漆塑膠關公像，都占滿在一臺仿飛碟形狀的沾滿灰塵的小電風扇旁。而且，這些像臺北的縮影的小仙天兵天將，就站在像怪神龕般的怪黃色的金屬櫃般的計程車廂中，而且，還由後頭已斑駁黑白的外國古老城市街景襯托著，像鄉下某種大眾廟裡，很多小神像小骨灰罈擠放在一個草率搭起的小壇之中，有些年代久遠的泛黃或黑白神像照片，貼在長滿蜘蛛網的牆上，有種怪異的荒涼與靈驗的暗示。但是，愈看愈像也愈毛，雨卻仍愈下愈大。所以，無奈的我仍只能坐在那裡，發呆，不能動，只從那騎樓前頭看著幾盆門口的雜草長滿的盆栽，注視著上面有葉片爬出一隻長相奇怪的大蝸牛，正吃力在那雨中的葉脈上緩緩蠕動。而所有的時間和空間彷彿都溶解了，到了更後來，雨愈來愈大，雨水流過巷道的弧面，流過白漆已斑駁的停車線，用某種潮水翻滾的波浪波面，洶湧地流進黑鐵溝蓋，彷彿是更多暗示溶解的狀態在持續地擴大。

還有更多類似什麼在溶解中的聲音愈來愈逼近，一如雨打在遮蓋的塑膠棚架上的沙沙聲，下在路面反彈而起的嘶嘶作響，另外一種更奇妙的是，屋頂漏雨，而那太急太大的雨從破洞滴水而下，而滴在一個倒覆著空塑膠杯，在角落所一直發出的像鼓的輕敲的緩緩而輕輕的聲音，反而更空靈，不經意聽還有點像是多年前在京都某禪寺裡打坐才聽得到的枯山水庭園裡從極老檜木屋簷滴下千年石頭所砌成柱礎才發得出來的絕響與奇響。但是，這整個回音環繞的像交響樂的賦格重奏的樂團，古怪樂器群的野生般華麗如失控的閱兵也如亂飛煙火施放的現場，然而，這些狀態的混亂或許只是我的幻象，因為，在這個現場的現在，在雨始終沒停的雨中，這裡畢竟只是我所困住的這躲雨的騎樓，那般窘迫而擠壓的很臺很小很怪的大眾廟般的場景，的一種更離奇的意外。

那天的姑姑還是始終沒有開門，我等到了姊姊很晚的晚上回來才進門……

姑姑說她始終沒聽到我按的電鈴聲。

在池畔的她也說了一個雨天的事，她說她在京都待了好幾年，說到她那處女座的當年大學同學，她說過她後來更多戀愛到失戀的事，也說到了她因為無法釋懷於失戀所陷入了的憂鬱症去看心理醫生的那一整年。

她看著雨說著：「她每天都想更專注地深入，尤其是雨天，用完全的內觀來進行，或說是為了可以藉著這種深入來解脫，整個過程非常地繁複而緩慢，主要是在練習專注，冗長近乎窒息的所有的狀態的最底層。」

甚至，到了一個最後的關鍵階段，她的心理醫生就希望她可以進入最內在那種迴然不同地迴異的狀態。那種內在的主要功課，層次與操演的轉換都十分複雜而難以解釋，但是整個過程的最終現場，竟然就是把自己困在那個最容易也最困難脫逃的現場，那是一個太充滿隱喻但也可能是完全沒有隱喻的地方，那竟然就是她家，多年來每日每夜都住在那裡頭的家，但是，那醫生交代了很多操作的程序及其中進行時一定要小心翼翼的細節，就這樣，每天在打坐的那好幾個小時，就完全集中在練習如何拆一棟房子，每一個建築物的細部，從她最痛恨的榻榻米和紙門極難打理的陰沉沉的臥房，湖光林蔭深處優雅庭園旁的書房，斜屋頂最低最斜的入口旁那極貴氣而體面的客廳，甚至最後才到她最不捨的屋身末端的窩心極了的老廚房，就這樣，她必須重新再回到那現場，回到那時候，他們戀愛時剛搬入的那段光景，所有的和室都是她用盡力氣和愛意去擦拭過的每一個角落，上過漆也掉過漆仍聞得到松香水的那年過年兩人花了一個禮拜所漆上木漆的每個松木手工的每扇門扇，每扇紙窗櫺框，扶手的每一階木樓梯，每一道走廊，甚至每一塊庭園裡的石頭……所有日本的夢，京都和室的家慢慢地變形，扭曲成對自己完全的失望而失眠。

她說她永遠記得那和室裡的所有角落沒人留意或在意的遺緒，整個放滿雜物的斜屋頂，光線如此美麗而清晰，空氣仍散發某種薰衣草的淡淡餘香，甚至是，整個後院與地下室，有過鼠屍的臭味，養的狗掉的狗毛，捨不得丟的某一年好看的松樹盆栽和那些細心打理過和室細節的斑斑血淚式的辛酸。就這樣，她很仔細地在冥想和靜坐中，專注地拆掉那房子的事……像在中世紀僧院苦修的神父更殘酷的終月斷食祈禱，或像那種京都禪廟裡的禪僧對枯山水打坐修行的那種偏執般地專注，她太投入又太疏離了，一如那種太無奈地近乎無情地打坐，就這樣她完全憔悴了，頭髮近乎花白了一大半，就這樣地專注，花了整整一年，雖然沒有完全從失戀的陰影中離開！但是，彷彿已然若即若離了那種揮之不去的沉重許許多多……

最後，我跟她說了一個躲雨的夢。

在那個夢中，我到了一個沒去過的城，不知道為什麼去，但還是走了好久，太疲憊不堪到想放棄了，後來走到了一個鬧區，大雨太大，只好找地方躲雨，後來，走進去了一個沒去過的好像是百貨公司的地方，很多層樓賣很多東西，但是，都是我從來沒有看過的東西，上頭標示著我沒看過的文字，有一層全部是我不知道怎麼使用的怪電器，有一層是破破爛爛的像刑具的古怪傢俱，有一層是充滿各種四五個袖子七八個褲管的鑲滿珠花碎鑽的奇裝異服，閃閃發光，有一層甚至都是長相猙獰的飛禽猛獸，兩個頭的半虎半獅怪物，四十八隻手的瞪目叱視巨大猿類，像是一個太偏遠古文明的異常博物館，一個太奇幻的外星球來的太空艙中，或一個太神祕玄奧的藏廟，供奉和陳列展現的都是我看不太懂的神祇及其坐騎及其法器，都有其寓意和神通的極其動人，只是我看不出來，後來，我不知如何是好，雖然太有意思了，但是，我實在精疲力竭到完全無法集中注意力了，最後，只就是，想要找一個地方停下來歇腳，但是，人太多，我太累，要等外頭的大雨停，但找不到地方可以坐，後來繞了好久，才找到了，好像有一個有很多椅子的空地，很多人坐在那裡看外頭窗外滂沱大雨仍然的風光，但是，好累的我還是沒待下來，想了一會兒就離開了，好像在擔心些什麼！但也想不起來，只是，就往外走進大雨中。

後來到了另一個陌生但是盛大的古怪建築學校的評圖現場，太多人太擠太髒的現場正在大亂，我太晚來而錯過了，我避開很多老師的正式評論的場子，只躲到一個角落，就在另一個地方私下地問他們有人做什麼有意思的東西嗎？後來，不知為何，走出來一個穿得很講究的花美男，我不認識他，但是在心裡卻又有另外一種模糊的感覺，其實他是我和當年某個情人戀愛分手之後她瞞著我生下而自己養大的兒子，但是他並不曉得也不在乎，更後來，不知為何，他很自豪地開始說給我聽，還用心地說好久，大家在圍觀，但是外頭很吵很鬧，題目我還是沒聽清楚，彷彿是一個和時尚或是和什麼潮文化有關的店，不過他也不在乎那些建築需要的需求或形象上的更專業的講究，只是彷彿在玩，拼湊積木或家家酒式的心情，和我心裡在想的建築或許可以蓋出某些太古老或太怪異文明可能的玄奧相去太遠，甚至，他只是在玩，或許他就只是用了一個遊戲的想法去做了那個店，但是卻做成一個破敗的很多長相奇怪但人可以坐上去玩的歪歪扭扭溜滑梯或鞦韆般大型設施器具的公園，但是，模型做得太草率，像是半小時用折疊的有色紙片所糊出來的一些大大小小的匆匆忙忙割出來的五顏六色的小紙屑，他一直解釋，但一直解釋不清楚，我後來就不問他做了什麼，而改問他這個想法怎麼來的，他又竟然說了更久更賣力，還拿出另一個更草率的模型，說了又關於另一個他也解釋不清楚的遊戲，我聽他又說了很久，大概是他小時候玩的一種遊戲，但是，怎麼玩，怎麼用，怎麼會在這裡出現，我還是聽不太懂，甚至因為旁邊圍了一大群人，太吵，而我無法專心，而且我在好不容易回神以後，才留意到那個被評的花美男腰上好像配帶了一把槍。

那裡是一條長廊的最末端，廊外的大雨仍然太大，我也仍然在躲雨，後來，仔細端詳了整個大學，才發現所有的建築還是和前一個夢中那我曾走進去的那種百貨公司很多層樓的狀態很接近……但是，這些樓層不賣任何東西，只是長廊上所陳列的彷彿是建築模型的，也竟都是我從來沒有看過的另一些鬼東西，上頭也還是標示著我沒看過的文字，只是每一層全部是那種破破爛爛也不知道怎麼使用的黝黑怪機器、拆解成怪形怪狀的種種五金零件、或是更稀奇卻又更費解的某種手工打造的精密器械，煉金術士的煉金器材般地珍貴罕見，使我在那裡徘徊流連，即使困在大雨中，也完全不在乎地低頭仔細把玩入迷。

但是，才一恍神，雖然我心裡想那花美男腰上應該是把漆彈用的太逼真的玩具槍，或是他那古怪衣服搭配中較花俏離奇的配件。但是，更後來的他就走過來，拿起那把左輪手槍，瞄也不瞄準地就當場對我的腦門連開了好幾槍。

未來

Avenir

駱以軍

未來 A 字母會

門鈴比他們約定的時間晚了大概十分鐘響起，這段時間對他而言像是站在一棟高樓層房間從落地窗俯瞰下方遼闊但沒有特定焦距的街景，一種稀釋擴散的焦慮，遠遠的一些人或車或燈光在搖晃。他可能在更早之前便在等待。這個小小的，上下四方像一只收納盒挨擠著貼近的飯店房間。他稍微收拾了一下，把那些零亂的T恤或內褲塞進行李箱。梳妝櫃和小圓几上堆著的書本也收進背包。抽菸。喝水。上洗手間。然後再坐在和床挨得極近的落地窗邊的小沙發上抽菸。然後為自己像要約會的紳士一身齊整的緊張模樣，衝鏡子裡擠一個笑臉。

之後他和衣躺在那兩張單人小床其中一張，用遙控器打開電視。廣東話的新聞播報，敘利亞政府軍攻擊反抗軍據守的一個村莊，屠殺了一百多人。這時門鈴響了，那樣古典且體貼的叮咚一聲。他赤腳跑去開門，拉開門把之前突然感到腳掌腳趾踩進一種濡溼的，像河溝泥淖因壓力而原本吸吮飽含著水的地毯，將那些汁液吐出的浸泡觸覺。從兩天前住進這房間時，便發現浴廁門口這一片地毯浸了水。也不確定是管線破漏或是前位房客讓浴室水淹出來，而他們整理房間沒處理好。那給人一種汙水的印象。他也想是否打個電話讓櫃檯幫他換個房間。但一想到這蜂巢也似的高樓、要感應房卡的金屬與黑玻璃形成輝煌感的電梯、倨傲而語言不通的櫃檯經理、像伊斯蘭皇宮那夢中迂迴的長廊……便作罷了。自己一人在這小房間裡，要進浴廁便本能地跳過那灘溼漬。不想這還是一腳踩上去了。

開了門，意外地，那個男人跟在女人的身後，還是喜劇演員地嗆呼：「對不起啊老闆，我擔心女孩子太晚打的回去危險，就先送她來，你先把錢給我，她再好好服侍你，保證滿意……」他比了個噓聲的手勢，讓他們進房，關上房。在這小空間的小玄關，三個人像玩躲迷藏的小孩。

他如數把錢點給男人。那傢伙還擠眉弄眼說要不我幫你服務也可以。我塗油很舒服喔。他們各自身上的體溫讓這嫖客、妓女、馬伕，有一種在蒸籠裡白煙瀰漫聊家常的叉燒包、馬來糕和鳳爪的親密。如果沒有性，我們三個其實是同樣性格的同一類人呢。懂得自嘲、逗耍、對陌生人溫暖。一種柔軟的，像某些家具賣場時髦沙發裡的無數泡綿小球。承受你施加上去的人世傷害，察言觀色，不給對方難堪，笑臉後面隱祕的一系列積極或骨牌的什麼，可以嘩啦嘩啦微調情緒不大驚小怪。

女人把嘻皮笑臉的男人趕出去。要他把全身衣物褪光趴在床上，幫他塗油按摩。

在那暈糊的光裡，她像個沉靜婉約，古代那些從少女時光全部的教養訓練便是如何侍候男人的妓女，她低著細長的頸子蹲下在自己的化妝包裡找精油啊（甚至找一個小綿箍圈將自己的頭髮挽起）這些東西時，他有一種感動，像動物園欄柵裡臭烘烘失去尊嚴的河馬，對戴口罩穿著膠鞋拿水管沖洗牠們身上自己或同伴大便那女管理員的感激之情。你知道這只是她的工作，你知道她每天（以她的纖細骨盆）替不只你這隻河馬還有其他無數隻河馬沖去牠們身上的髒汙之物。但你為她眼觀鼻鼻觀心對這件事不卑不亢的沉靜神態感激不已。像是醫院裡那些大小便失禁的老頭，難以抑制對那些翻弄他們身體的白衣護士，一種諂媚的，小孩裝無辜可愛陪笑的情感。原本我們也不是也不想這般醜陋的存在啊。

女人幫他的肩背按摩了約十分鐘後，他嘆口氣，說：「別按了，我們躺床上抱一下吧？」

這時，像從原本《海上花》那古典微光弄堂、帶著淡淡茉莉花香髮油的小姨娘的女性典婉軀體——魔術般或演唱會一首抒情老歌接換下一首快歌之間全場熄燈那時間差的黑暗三十秒——破裂而從裡面掙蹦出另一個長得像莫文蔚的現代女人。她眼裡帶著黑幽幽、狡黠的笑意，似乎驚詫但寬容。

「什麼？你要抱我？」一種句尾聲線上揚的廣東腔：「你搞錯啦？我不做愛的。就只是幫你塗油按摩。你一定是被我老闆弄錯意思啦。」

他又嘆口氣。又像在這一座又一座陌生城市裡孤獨流浪，在繁錯匯聚又浮萍般散開的「誤解的詞」裡，摸索對的錯的真正的表情達意。買咖啡。

問路。搭的士。在旅館check in時要求吸菸房間。超市櫃檯結帳時總聽不懂對方說的那數字於是將口袋大小零鈔全呈上讓她挑揀。或是巴士坐過站抓著司機身後的鐵桿但不敢開口問。

道歉。像酒杯搖晃後放置退回那撩亂光影之間的靜止。像後來聽幾個不同哥兒們轉述的，《慾望街車》裡白蘭琪那句經典臺詞：「我只能依賴陌生人的慈悲活著。」但因為女人是良善的，那個穿過無數映照變形鏡廊又退回原本形貌（他裸身趴在床褥，她沉靜站在上方幫他按摩肩膀），她反而像搞砸氣氛的新娘，委屈地抱歉地解釋著：

「我是不做愛的。」不斷重複這句，像對自己的獨語。解釋著。於是他退回這樣對位姿勢下，一隻遠古洪荒場景的陸龜的時間感，眼皮垂著，半醒半睡，嗯嗯唔唔敷衍她那窸窣的自言自語。但她又那麼肌膚之親捏揉著他肩頸、肩胛兩片翼骨下，或沿著脊骨一條鞭往下向腰臀、那所有被這世界痛擊、壓凹、重創的辛酸疼痛之祕密。

她的老闆當然是個壞蛋。這樣一次次把她送進這大飯店房間，宰你們這些大老闆，開口八百一千，回去後她只能分到一百。但是他也很可憐。他有老婆，但是後來他發現自己其實愛男人。他喔，每次遇到像你這樣的男客人，就特別興奮想自己來做。他想搞，很色的，但人家客人幾乎都不是要男人的嘛，人家還是要小姐的嘛。他每次都跟我們一起擠進飯店房間，推薦自己，但都被趕出來。

「這也太怪了。」他笑了起來，那種他和他和她，像三個卡通片裡擠眉弄眼的小狐、小狸、小刺猬的親密滑稽情感又出現了：「但他有成功過嗎？」

有啊。很少。都是外國人。韓國人。日本人。英國人。都是老頭子，都很有錢。你知道，有一次他有個老客人，是韓國老闆，要我和他一起去飯店房間。說是我們倆一起幫他按，我按著按著他們兩個就搞起來了。我想那我先離開好了。那個老闆不准我走吔。要我在一旁繼續按。

「然後他們在那搞？那妳就幫他按摩？」

「對嘿。那個韓國老頭不准我走。好變態哦。」

這時候，他突然躁怒起來，內心像是夜間馬路某一輛車恰好輾過一只鋁箔裝的空蘆筍汁或那些奶茶什麼的350cc小方盒，在全然寂靜中發出一光滑的爆響。只是因為那可憐的厚紙盒唯一的小出氣口是吸管刺戳進去的小洞。女人跟他說著自己是個孤兒，從小就跟養父母移民到新加坡。但這一切都像某種公路電影，一片蠟筆畫般的灰綠田野，空洞而殘缺。他知道自己在生氣（不是氣她），但那生氣藏在距離非常遙遠的，不在這房間裡的，某個所在。她在亂編故事騙他。因為他之於她就和那無數個夜晚，在這樣的飯店房間裡，被她和那小個兒男人一搭一唱唬弄的有錢觀光客。上半場與下半場。她怕他認為她是大陸農村流離到南方來做雞的那些女孩。但這關他屁事呢？

但這時他突然做了一件事。他把兩隻手左右開弓放上女人的大腿。他頭朝她趴著，而她是站在他後腦勺的上方，所以他這樣兩臂朝前的姿勢，非常像游泳池裡溺水的人伸手渴求蹲在岸沿的人拉一把。但其實他的手是鬆垮垮貼在她兩條勻稱細長，從極小件牛仔短褲口延伸出來的玉腿，溫柔地，像品嘗美酒地撫摸著。他心裡想：這是我這輩子見過最優雅美麗的一雙腿了。這是實話。那是上帝偶爾極度專注捏造的傑作，不是像某些時尚雜誌的長腿妹模特，或某些閱歷人間色境的老紳士聊起女人的「最性感之處」：所謂腿後跟，所謂踝骨，所謂小腿三分之二以上的肌肉微弧……不，女人的兩條大腿，完全沒有那種洶湧溢流而出的肉欲溪流之感，它非常精巧、滑腴、像某些羊脂白玉雕的如意柄，他迷迷糊糊地想：我是什麼？我不是那些老爺、玩咖、唐璜、女人採集品鑑者，但為何有此好運，遇上這一雙即使是那些剔著牙神經回憶此生偶遇難以言喻之極品的色情老饕們，也會淚眼汪汪愛眷不忍的一雙美麗的大腿？

她知道嗎？她知道自己有這樣一雙可以開啟另一個繁華幻夢另一個次元之審美宇宙的美腿嗎？也許進入到那浮光掠影的網路視覺海洋裡，她太可以去當一位賣各種顏色各種織花絲襪的「腿模特兒」了。或許是因上天恩賜她有一副像最精巧機器人、或某些純銀餐具、自骨盆以下的纖細大腿骨，那整個，哦，亭亭玉立，一種他的手指和手掌環繞、遊娑、享受那細膩與溫潤，觸覺和弧形錯織而成的優雅感受。一種彷彿享受者這邊的所有事物都塌陷進那美感形成的瞬間幸福。他想：她如果知道，自己這一雙大腿，根本毋須配合那個像港片裡梁朝偉、曾志偉、周星馳之快手切換、擠眉弄眼、市井諧俚卻又繁華大都會的，那整套騙術和搭檔演出，她擁有遠比這一切昂貴、豪華的本錢啊？

奇怪的是，她這樣由著他撫摸她的玉腿，繼續說著夢遊般編造的童年。甚至他的手（可恥的）向上探進那小的不能再小的牛仔短褲裡，揉捏她的小臀部，像剝開蚌殼一瞬硬質和柔軟的錯亂感，那裡頭絹質蕾絲女性化無比柔薄的小內褲，從下方兩個褲口的縫隙探進去撩摸她的陰毛。她皆沒有閃開或格擋。幫他按摩肩背的動作仍然持續著。

他想：這多麼悲傷，但又多麼奢侈幸福啊。或就像他們所說的，憂鬱的熱帶，或南方的潮溼、疾病、面目模糊？在這之前，他應是走在那十五層樓下面的地面，天空灑著溼黏黏的雨絲，窄小的街道舉目四望全是挨近、遮蔽的垂直高矗建築，而且全在一種舊時光的昏暗中，連那髒汙、鏽損、癩瘡般的雜駁拼圖也一併高舉上天，將所有灰撲撲的人兒全罩在其中。他似乎和遠近的小人兒們，在一老舊停車塔或礦井裡，不同層面但馴靜地走著。那些五顏六色的小店鋪藥房、飄出動物內臟腥臭的什麼「魚蛋河粉、雞粒粥」的茶餐廳、油晃晃焦黑色堆在油鍋旁的還是動物內臟串，那些臉孔像黑色混金刺繡的印度人開的小間「Subway」三明治、iPhone手機小鋪、鐵柵門拉下的銀行。而後他會無比厭煩地走回飯店，回到高空上的這小小的房間。被一種和自己理性相衝突的瘋狂和焦慮吞噬，把電視櫃旁那七、八瓶像小人國玩具（但貴得要死）的小瓶裝樣品酒，那些小威士忌、小瓶Vodka、小瓶琴酒，一瓶一口，全倒進自己喉嚨……

事實上，那正是，像被蹩腳小偷撬壞了的門鎖，那樣一個滑進偏斜暗淡，

「夢裡不知身是客」，一個哀傷的「未來」。那時，像尚未被滾水沖泡、舒展層瓣、泡爛綣白的一粒粒乾菊花。他那時坐在那最接近所能想像的「死後的場所」：高空上像火柴盒般的小密室裡，沒有對他造成煩躁或暴力感的他人。只有面前那臺電視。

他想：「也許，只有我一個人，祕密地踩進了這個操他媽見鬼的未來？」

電視的畫面是一個穿背心運動短褲的老頭舉著一大支火把在跑道跑著，雖然他仍聽不懂旁白的廣東話，但搖晃的鏡頭同時出現多組訊息：

一、這是一個非常大的露天環形運動場，鏡頭一旦拉成鳥瞰遠距，會發現被跑道圈住的綠色草坪上密密麻麻全是螞蟻般的小人兒。且周圍碗狀向斜上延伸的觀眾席看臺，也是晃晃爍爍整片的人影。這時你發現這個運動場的跑道也非常大。

二、攝影鏡頭搖晃地拉近那舉著火把的老頭時，你會看見上百名穿著薄紗米色西裝西褲並戴著考古探險隊帽子的男人，或上身一樣打扮，下半身則穿套裝裙的女人們，拿著巨大相機，圍擠在那跑步老頭的四周，有的甚至讓你擔心會把老頭絆倒那樣跪蹲在他前方不到兩公尺的跑道。你意識到他們全是記者。而且同一瞬你立刻理解這是某一次奧運開幕式。

三、從畫面的品質，或這些壅塞在大運動場上人群的穿著，你意識到這一定是上個世紀的「從前的」某一屆奧運。跑步老頭手上舉的火炬，還像久遠年代傳遞狼煙火把的跑者，那大火炬冒出大片濃煙，這樣看去真有點像一位師傅提著一鍋滾沸白霧的火鍋，喊著「讓一讓！讓一讓！」在人群裡穿梭。

四、不知何時，大會施放了至少上千隻的鴿子，遠距看去，漫天由各種方向飛翔的龐大數量移動的點點灑灑灰白的什麼，像流體、像漩渦，又像水彩畫紙上暈溼開糊掉的顏料……在那巨大的運動場裡，確實造成一種潦亂但眼珠被極大量亂數的動態細節所刺激的感動。跑步的老人將那冒著濃煙的火炬，交棒給另一個年輕跑者。這年輕人一臉肅穆，也開始在那巨闊的跑道上跑著。同樣那大群有點像卡通人物的記者，把他四周擠得水泄不通。

五、鏡頭特寫一巨大像燈塔的圓柱體建物，哦不，那像古早年代海港邊某一小懸崖上的拙陋造型巨塔（像我們木柵快速道路會經過的那支伸向天際的垃圾焚化場水泥柱大煙囪），本身就是一只火炬的造型。跑步的年輕人再將手中冒煙火把交給另一位女選手。這時他發現之前那老頭、年輕男選手，最後這女孩，全是亞洲人臉孔。他恍然想到：哦，這大概是一九八八年漢城奧運的開幕儀式。為何會在此刻播放這段歷史紀錄影像呢？不過才二十四年，畫面中那些淨縞莊嚴參加這人類盛典的小人兒們的服裝、髮型、甚至表情的線條，都讓人有一種「往昔」的呆傻笨拙之感。「古意」。還沒有能力將這樣規模的空間劇場，像後來的北京奧運、倫敦奧運，那樣的操作成宛如好萊塢電影幻境。

六、最後這一棒的女運動員終於跑到那巨大聖火塔臺下，出現兩個裝扮和她一模一樣的女運動員，她們各拿一支沒點燃的同樣火炬，三人用憲兵儀隊舉槍的嚴肅僵硬動作高舉那三只火炬，在半空一點會聚，於是引燃成三支冒著濃煙的火炬。然後她們站上一環狀升降臺上，隨著激昂銅管與弦樂的交響合奏，緩緩上升。但不知為何，那攝影機並未盯住這像希臘持火炬三女神冉冉上升的身影，反而有意無意將鏡頭特寫，停在那巨大聖火臺柱頭上方，憩停著的至少二、三十隻傻帽鴿子。他聽不懂旁白的廣東話，但這樣的鏡頭語言，非常隱祕地暗藏了一種奇怪的惡戲或擔憂的期待。不會吧？他想：這些傻鳥，還在那等會就是巨大噴火口的邊沿納涼嗎？隨著愈上升那三個舉著白煙亂竄火把的人類愈靠近，有幾隻機警的撲翅飛起，但大部分還是像綴飾在那邊沿搖頭晃腦著。他想：他們沒有排練過嗎？應當設想過在全球幾十億人電視直播的畫面，不可能眼睜睜上演「火燒鴿」這樣一幕吧？應當有一套若無其事彷彿化入儀式一部分的設計，在點火前將這些傻鴿趕走的策略吧？但他發現那三個（應是此後一生的榮耀）點火少女，愣愣傻傻，像夢遊者只能照超出她們理解力的劇本走，將手中火把對著那巨塔口點燃，只見轟一下湧出黑火交錯的巨焰。你可以聽見全場數萬人群的歡呼和掌聲。但視覺暫留你確實看著那二十來隻鴿子一瞬間被烈焰吞噬的小小黑影。

ㄏㄡˊㄙㄞ ㄌㄟˊ啊!!!那唯一他聽懂的播報旁白之廣東話。那就像一個傷痕累累但或許還稀微想從鐵餅乾盒底部的金屬反光，映照出一個他們笨拙祝福，卻又想像力難以穿透，會以什麼形式終於被科幻電影的末日特效吞噬，或從那滅絕噩夢邊緣僥倖滑過的，惘惘的未來。

未來

Avenir

黃崇凱

未來

A

字母會

我記得那個美國富豪說他想死在火星。當我看著地球的弧線逐漸隱沒在黑暗中，成了太陽光下的一粒微塵，一顆黯淡藍點，體內像是有什麼連結的芯緩慢無聲地裂開。我調整視線，距離目的地還有三億二千萬公里，還有兩百多個日子要過。機艙清涼而安靜，除了成員彼此交談的瑣細聲音，我們就像置身在長途飛機，每個人總得找點事情打發漫漫時光。

有人提起許多年前的科幻驚悚片《異形》，有人立即反應噢天啊別說這個吧，這真是人類所能想像的極致太空噩夢。在這樣的密閉空間太久，據說人的精神多少會扭曲，出現幻覺，看見某個不可能上船的故友，聽到某個熟悉的聲音輕喊你的暱稱。接著有人說，載客飛機出現之前，每個搭上遠洋船艦的人也都跟故鄉斷開連結啊，他們同樣不是想回去就能回去，同樣得待在船艙或甲板度過幾星期幾個月，何況人類對深海的理解不見得超過宇宙多少吧。最初一個多星期，我在這些閒聊中昏昏沉沉，似睡似醒，覺得眼睛痠澀，嘴裡含沙似的乾燥，像株倒掛的仙人掌。大概是這時候，我意識到自己正前往另一座星球死去，算不算荒謬。

這趟旅程要經歷幾次轉機。先是從臺灣飛到美國新墨西哥州的太空港集結，登上接駁飛船，進入近地軌道，轉登艾德林火星循環太空船，經過六個多月的航行，利用大氣俘獲接上火星接駁艦，最後預定降落在黃刀灣太空港。我拿到的是單程票，需要繳交各項身體健康檢查資料數據，以免有什麼不該有的潛伏病毒或細菌被我攜帶到幾億公里遠的地方（尤其我們得在密閉空間共處超過半年）。最初甚至直接排除所有懷孕女性，USSE（Unified Strategic Space Enterprise，統一策略太空企業）不希望開發火星計畫前期還得處理新生小孩的問題。不過呢，自從有人在六個月的旅途中搞大肚子，而且還安全降落在火星地表，USSE只能認命，乖乖準備托兒所和學校給那些陸續出生、成長的火星之子。

在正式啟動火星開發計畫前，人類先是重返月球建立發展局，開採稀有礦藏、架設太陽能遠波發射器，補充地球的能源需求。接著是太空人登上小行星執行研究任務，試著從遊盪在宇宙間的天體挖掘出更多知識（當然也是因應二〇三〇年代可能威脅地球的小行星撞擊）。再之後，前往火衛一搭建前線控制基地，才算真的踏出了開發火星計畫的第一步。整整花了超過五十年。跟著阿姆斯壯腳步登陸月球的太空人艾德林曾經說，自從萊特兄弟成功飛上天空之後過了六十六年，他們登上月球。他希望，登月之後的六十六年，人類可以完成登陸火星的任務。算起來，二〇三五年恰好是地球與火星距離最近的週期年分之一，可是世事並不會照著完美的數字計算實現。實際上人類直到那時尚未建立地球與月球之間的循環航班，一來是國際太空站做為運輸系統轉運站的數量、功能不夠完備；二來是超出月球以外的深太空巡航船的經驗累積不足。更別說國際間對宇宙開發的種種策略攻防和協商。說到底，人類要做點大氣層以外的事就是非常非常昂貴。

當人類在一九五〇年代後期終於突破大氣層，放出第一顆人造衛星史普尼克，送過狗和猴子上太空，其實就是在抹消差異，帶來自我認知的調整。

面對廣漠的宇宙之時，每個人不過是小到不能再小的一介地球人。我本來以為，當飛船遠離地球，孤身走天涯的悲壯遼闊會油然而生，覺得再也不能回頭，身邊的人類會成為跟地球唯一的實體連結。但有些情緒上的生理反應還是騙不了人的。例如約莫出發一個多月後發生的劫機騷動。

我們在航行過程中，基本上照著地球時程運作，以美國東岸標準時間為準，盡可能維持穩定的作息規律。部分像我這樣作息紊亂的乘客，有時少吃一兩頓飯，不固定睡眠，臉上常掛著恍惚神情。那個白癡是在某次晚餐後，敲敲杯緣，宣布劫機。他拿出手槍，拍上桌子，有些人的神情緊張起來，機組人員上前試圖安撫他，那人抓起手槍大喊別靠過來信不信我斃了你。現場氣氛緊繃，沉默。所有人無聲看著他，等他接下來要說什麼。當時我嘴裡吸著紐奧良雞腿口味的真空包，覺得自己像隻吞下液態飼料的弱雞。突然那人就被鄰近的兩個女子俐落制伏，只聽見手槍在地板上摩擦的金屬刮擦聲。後來機組人員簡報，該乘客被安置在限制型艙房，而那手槍沒有任何子彈，只是仿真玩具。他們說，該乘客瀕臨情緒崩潰，做出那樣的舉動只是釋放壓力，目前已有隨行心理醫師治療。此行二十五名乘客中，各人因膚色、族裔、地區、職業專長不同獲得不等的機位折扣。所以我們有生物學者、植物學者、地質學者、天文學者、物理學者、醫師、護理師、電機工程師等專業人士，還包括我這個卑微的托兒所保母兼學校教師。大家都是火星實境秀公開募集的入選者，節目預計從我們降落火星的第一分鐘開始轉播。USSE打算利用這個節目的周邊收益填補資金缺口，同時行銷火星短期生活方案持續吸金。

接下來的幾個月旅程，我常跟心理醫師聊天。不是我需要心理諮商，而是單純可以用母語溝通。她跟我說，現今宇宙心理學的發展取決於人類外在世界的探索。當人類習於以同一族類、地域觀念來設想其他地方的人，除了歷史、文化習俗的差異，不會到無從理解。但當人類面向廣大到無止盡的未知宇宙，就會產生混雜期待、恐懼和徬徨的心態。人類自從取得從外部觀看自身星球的視角以後，進一步加強尋找宇宙其他生命的欲望。可是人類的全部身心是否準備好了與外星智慧生命體相遇，仍是未知。她不認為歷史上那些與歐洲人相遇的美洲原住民可以當作先例。對她來說，儘管語言不通，至少從外觀上仍可辨識出皆屬人類。說不定人類運氣不好，正好遇上把人類當作雞鴨魚一般吃掉的外星生命體。就像人類對待地球其他生物的態度。

我說這不就落入早期科幻小說幻想出來的情節嗎，類似H・G・威爾斯寫《世界大戰》那樣，或者一堆好萊塢拍的外星人入侵地球的星際災難爛片之流。好像地球多好多棒，人家非得要拿下不可。其實是因為人類搞得一團亂，才想要逃到火星的吧。這就是人類的Plan B。而我也明白，我們就是火星生活的白老鼠，看看人類在這樣的環境條件下，會產生什麼反應和問題。

她嘆了口氣，提起隕石ALH84001的故事。那顆隕石據說是在三十九億年前火星表面遭受小行星劇烈撞擊，被撞離火星之外的岩塊，它經過一千六百萬年的漂流，最終在一萬三千年前掉落在南極洲，直到一九八四年被發掘。有科學家在一九九六年發表論文宣稱從這顆一．九公斤的隕石中發現火星有機物的證據，可是在那之後二十年不斷被挑戰，畢竟這其中有太多變因了。不過從那時候起，有個假說是：地球的生命起源可能受到來自火星的物質影響。推到極端，在這個意義下，我們都是火星人。她自己說完乾笑幾聲。你不覺得好玩嗎，為什麼人類對於外星生命體總是聯想到一具多細胞生命組織活體，帶著軟體觸手，類似章魚之類的形態？當我們說生命的時候，往往忘了生命包含許多形態，化合有機物是生命，單細胞生物也是生命。更何況人體受限在三度空間，如果外星智慧生命體是類似數學的虛數 i 那樣的存在，或者是我們感官察覺不到的其他維度，就只能以鬼魂來描述了。

她還說了很多，但我的腦中不斷自動繪製、播放ALH84001的漂流畫面，那自然是失真、想像的產物。無人知曉的時刻，它經歷漫長的流轉，被地球大氣層捕獲降臨，凶猛地摩擦出火，削除體積，蝕刻出地球的印記，在天空割開長長的痕跡，落入厚重的冰層劃出煙塵，再被包覆進時光薄膜，靜靜等待人類的發現。

睡不著的時候我看書、看電影或打電動。登入虛擬實境，我就可以選擇比較大的房間，假裝在有重力的環境下咀嚼食物、喝飲料，我的意識明確知道一切都是幻象。但這是解決長期待在密閉空間可能產生恐慌的有效辦法，讓軀體以為身在一處空曠、寬敞的屋宅，安全，衛生，毫無匱乏。如果心理醫師說我們正在把自己拋擲到無盡黑暗中，那麼虛擬實境就是心理防衛機制的擴展。我們可以在健身房假裝游泳、長跑、重量訓練彷彿在地球上。只有沉入睡眠才能真正免除半是閉鎖現實、半是開放虛擬的微妙平衡，讓潛意識幫我們處理那些潛藏的欲望和感受。旅行日久，浮游在兩種情境中，我變得愈來愈難睡，也愈來愈渴望睡眠。我試過關燈在全然漆黑的房間睡，試過在虛擬實境中略帶硬度的彈簧床上睡，卻翻來覆去找不出一個安睡的姿勢。堅持了一個多星期，我請心理醫師開安眠藥給我。結果是服藥後我昏然躺平，彷彿有另一個自我在低喃著我正在睡著之類的囈語。我像是努力沉入睡眠之海卻因為莫名浮力擱淺在岸邊，陣陣迎來的波浪搔著腳掌。藥不是沒效，只是那種睡眠過於制式、鈍重，起身後還殘留著暈眩感。心理上總覺得沒睡到甜蜜點。

自從好奇號在二〇一二年降落在火星，開啟一連串探索任務後，人類逐漸對這顆星球有更深入的認識。其中一個是，火星在三十五億年前是顆溫暖、潮溼的行星，如果人類能穿越到那時，據說直接掬起一把水喝下也不會有問題。如今人類來得太遲，要殖民這顆星球，就得進行「地球化」的長期工作，估計至少要花上兩百至五百年來改變這裡的氣候。我跟心理醫師聊到這個，她說你擔心得太遠了，五百年什麼意思，就是哥倫布不小心亂入美洲原住民生活到籃球之神麥可．喬丹吐著舌頭飛來飛去打籃球之間的距離。人的認知、思覺都有限度，卻總是在以有限推想無限，現實是你怎麼面對那些小孩和家長。對那些帶有地球回憶的家長來說，遠方的藍色行星是家鄉。可是對他們的小孩來說，那只是個概念。他們的身體在這個只有地球三分之一重力的地方成長起來，根本不可能「回到」地球。除非他們願意冒著軀體坍縮成一灘肉泥的危險。過往歷史上有什麼狀況可以相提並論嗎，我沒想到，但我們的經驗將會是往後火星生活的重要參考資料。

我們聊到火星生活的側錄問題。雖然明知自己即將展開一場至死方休的實境秀，卻是忍不住抱怨有如火星大氣含氧量的稀薄隱私。心理醫師嘆氣，我們只能接受吧。要不是這個跨國節目的徵選活動，你我不知要投胎幾次才會去到火星呢。如此昂貴的開發計畫，光靠各國政府遠遠不夠，既然大企業願意投資，當然要能撈就撈，盡可能利用各種賺錢機會貼補支出，同時做公關行銷，把火星包裝成一個未來家園。巨大的幻覺（有時被說成是夢想），驅動巨大的效益，兩者互相補充。她跟我說，雖然這樣可能有違職業道德，但劫機那人或許會讓實境秀的製作團隊非常頭痛。經過一個多月的觀察，幾乎可以判定那人患有思覺失調症，她能做的只是定期談話，要他定期服藥。她頓了頓，微笑，提起許久以前的詩人楊牧的句子「比宇宙還大的可能說不定是我的一顆心吧」。我們的科技已能透過複雜難解的演算，保證這趟火星旅程的安全性，卻無法防止、治療一顆中途崩潰的心。

我說，劫機聽起來就很蠢，這裡是外太空，不是飛往紐約的班機，哪有這麼簡單。而且不知哪來的玩具手槍，帶這種東西到火星幹嘛呢。她說每個人都需要一些實質物件，象徵某些意義和記憶吧。思覺失調症狀最常出現的是幻聽，聽見各種說話聲音，伴隨的是混亂、自理能力下降。也可以這麼形容，這人獨自在星際漫遊，他前往的是和我們其他人不同的宇宙。如果樂觀地看，這些聲音不因離開地球而離開他，這就是他跟原生地的強韌連結，他的心智尺度能輕易越過四億公里的距離。關於思覺失調的「治療」，她說最艱難的，是該如何判斷哪裡是「疾病」的終點、哪裡又是「我」的起點？他的人格特質大致都還在，不過有時會被失調症狀淹沒。他本身多少會察覺自己的狀況，只是接下來問題就落在我們其他人身上，尤其是你。他目前還能像其他人一般說話、行動，落地後簡單的行政事務聯繫、環境整理這些都做得來，萬一日後症狀加劇，有可能就要專人照護陪伴。當然我不可能置身事外，我會盡量協助你。

當人類想像遠方，遠到類似火星這樣的極地，大概難以想像那裡的小孩怎麼成長，如果有人緩慢安靜地發瘋又該怎麼對待。這些都是人類前所未見的試煉。我一度懷疑，搞不好我們這些人的狀態完全都在製作團隊的掌握中，有人隨時可能發瘋，那就隨時可能帶來節目看點，這就意味著收視率，意味著更多利潤。極端的荒島生存實境秀。我們這群人之中將會出現第一個在火星死去的人類，出現第一個在火星上瘋掉的人類，甚至可能出現火星第一樁殺人案。

心理醫師說，也可能什麼都沒發生啊，我們的火星日常枯燥乏味，在你想像的那些事件發生前，節目就停掉了，最終我們都無聊的死去。那時火星人口可能多到沒人在乎我們的死了。我說，最近依然睡不好，有時打電動，在虛擬實境玩荒島生存實境秀的遊戲，常常玩沒多久就被淘汰出局。然後忍不住想到接下來的火星時光，會在什麼時候也遭到淘汰。她說，人生不是遊戲。你只要好好生活，盡量做好工作。這跟在地球上一樣。

我掏出行前我媽求來的北港朝天宮香符，在她面前晃了晃。我說，以前在臺灣覺得拜媽祖天經地義，家裡人開車騎車都綁上平安符。現在我離開地球這麼遠，有點難相信媽祖的神力能抵達火星。我們傳輸的訊號都得經過幾分鐘延遲才能到達地球呢。她閃過一絲疲憊，回說信仰問題不是她的專業能夠答覆的。她可以請機上具有牧師身分的同行人員與我商談。再過幾天我們就要轉乘接駁船，降落在火星了。她要我對自己有信心，對新生活盡可能抱持開放的態度。或許我非常適應基地的日常也說不定。

我但願如此。

評論

Avenir

潘怡帆

未來

字母會

駱以軍的字母A在疊套的時間中，孵化未來時刻。小說裡，沒有在預定時間點響起的門鈴，推遲著應當到來的下一刻鐘。無法繼續流動的時間，如同唱片跳針的疊套，是未來對過去的重複進入。因為重返同一時刻的可能性，來自於曾經歷過此刻的未來。時間在小說中門鈴乍響的剎那，陷入永恆回歸的一瞬，永恆以後至的未來，取代現在且重新「成為現在」。無止盡更新的現在既無法被重返，亦因變異而無可測度，最終使小說中每個在場（現在）都成為不可被經歷的純粹未來。看似銜尾蛇（οὐροβόρος）的小說，其實更接近純粹一道吞噬時間的裂口，不斷吞掉前來的，更巨大的時間，如同在鈴響的須臾吞噬了作響前十分鐘的空間，那足以塞下飯店房間、凌亂衣物的行囊、沙發、床、吞吐雲霧、搖曳的燈光、小人、敘利亞政府與百人屠殺，喝水……，這些狀似向後綿延的「在時間之中」，其實早於小說時間的誕生（門鈴作響），因而成為不存在的時間，被吃入鈴響時刻。如此不算數、多餘出來卻又不存在的時間，隨著飯店房間物件的添置與壅塞，逐步滿溢臨界門鈴作響的時刻。原本應當就此啟動的下一刻鐘，又因敘述者赤腳踩進兩天前濡溼的地毯，使十分鐘再度吃進長達兩天的時空：「也許，只有我一個人，祕密地踩進了這個操他媽見鬼的未來？」敘述者掉進的「未來」是始終無法搆著下一分鐘的未來「未來」，是從響鈴時刻不斷向前（而非向後）墜入的，使未來無法實現（成為現在）的尚未來臨。如是，未來才得以成為永恆蓄勢待發的前存在時刻，而非隨著時間的得手而喪失「未來」。如是，小說中的每個在場成為如同「誤解的詞」般的岔口，而非因理解而消弭的入口。有別於通抵（溝通）終點的完整，岔口是不斷「開啟另一個繁華幻夢另一個次元之審美宇宙」的無止盡撐開與裂解，如同敘述者開門迎接《海上花》微光弄堂的世界，卻意外蹦出莫文蔚般的現代女人，按摩女操著廣東腔，訴說通向新加坡移民的無起源記憶……。駱以軍的書寫如是啟動未來時間的前時刻，必須「像被蹩腳小偷撬壞了的門鎖，那樣一個滑進偏斜暗淡」。相反於成功的「撬開」，使鎖變形的「撬壞」，永恆且決裂似地關閉所有開門的可能性（鑰匙開門的失效），以一種鄰近卻極致狂暴與曲扭門鎖的方式將未來（下一刻鐘）埋葬於（錯誤方向）裂縫的永恆掏挖中，並由是展開那永遠不可能到來的「未來」序章。

顏忠賢的字母A以「無盡等待」展演「未來」現場。小說中，等不到魚來的「溫泉魚」足湯，等姑姑未果的「她其實一直沒出門」，等待遺忘失戀卻又每每重演的失戀，等待作品源起的解說卻不斷長出來的另一件新作……這些截然不同的等待，無止盡地綿延著小說裡的那場停不了的雨，使雨過天晴的休止點不斷向後推遲，它們是使雨停（以便離開那不斷長出故事的「在斜屋頂下」）一再「分心」的故事。等待，因為「未來」，唯有當事件發生才能消解等待，也唯有繼續等待才能推遲事件發生，使世界持存於發生前夕的事件一直「未來」。因為事件「未來」，對它的認識將處於永恆的無知狀態，並使得所有蜿蜒細末枝節的故事都無從分辨地聚攏成未來事件的潛能，以各種可能的爆發狀態（關於魚、姑姑、失戀……）蓄積成山雨欲來前的濃厚氣壓。等待「未來」使得故事的經過成為無足輕重的「分心」，所有過程的刻劃描繪無非為了等待那未來的，將臨的重大事件，然而那即將橫掃千軍，足以動搖前述所有意義的「未來」卻始終遲遲未來，以至於這些「分心」成為小說唯一載入的內容，那始終沒有擺脫失焦的恆離心狀態。一方面，這些「分心」的故事做為造成事件遲遲未來的罪魁禍首，使閱讀變得浮躁難耐。另一方面，這些「分心」為事件發生的前兆，因為事件未來，而成為通往未來發生的唯一通道，換言之，它們是認識即將發生之事件的唯一在場，需要聚精會神以待。這兩個層面使小說既在場，卻又同時因為離心的氛圍而狀似缺席，它們既是等待的在場，也是未來的缺席。一個接著一個不著邊際的故事加厚著屏氣凝神的程度，全神貫注地等待不遠卻又無法瞄準之處，那即將引爆的未來。未來的一再延遲將會加深眾人對它的引頸期盼，等待所招致的事件「未來」，於是成為對未來最生動的描繪，因為未來只存在於事件「未來」之中，亦即等待中。同如《一千零一夜》（كتاب ألف ليلة وليلة）中國王山魯亞爾（شهريار）一心等待著故事的結局（核心），才使皇后山魯佐德（شهرزاد）得以一再向後推遲地使死亡「未來」。於是，顏忠賢在無核心的故事迴圈中，永恆回歸地描繪出關於未來的狂暴輪廓線。

陳雪的字母A以祈禱形式（forme de la prière）接觸未來。祈禱是人神共體的交匯，是以有限人的「現在」想貼近無限的神的「未來」。只有在祈禱的形式中，明日的希冀不再遙寄天空，而往心底遞送，因為此時人神零距離。神即未來，因而總在末日之後才見救贖，希望總是實現在明天過後，在人手能構到最遠距離的更遠之處。只有未來尚未真正到來，人才會需要希望，通過祈禱的形式，勾勒比現在更加美好的未來的可能性。祈禱緣起於絕望，因為今日業已總結，如同小說裡對周遭世界了然於心的女編輯，踏過喧鬧的人世階梯前往聳入天際，被雲霧所環繞的「天空之城」。四面玻璃的屋子恍若神域，四季恆溫，無塵無聲，住在那裡的男人與世間保持距離，訊息通過神使摩西「只發不接」。唯有對明日寄情（女人想對男人說，「不如我們一起住」），女編輯才開始心懸未來（她逐日拉雜帶來衣物、冰箱逐漸堆積食物、每天下班都想著今晚、換了大冰箱、添了梳妝檯、每天早晨桌上擺了新一天的菜錢與零用……），畢露著專屬於人的生命力。生命力與神靈無關，永生者既無死去，亦無所謂活著，既不受時間限制，亦沒有未來。從未等待也不懂絕望的神靈何來「未」來，男人說：「我記得第一次見到妳……就看見了將來」，唯有接觸過人，才知道絕望。唯有認識絕望，才需要懷抱期望，才能看見神自己看不見的，只有藉由成為（他）人才可能看見的未來（自己）。因而神話經驗告訴我們，無限神總試圖靠近人，以便感受未來，即使那宣告著祂的死亡：唯有降生成有限，才能從盡頭處望見正在前來的「未」來。弔詭的是，也唯有通過禱告，神靈才可能從人群中再次復甦，因此，祂使人成巫，以人類語言回復神的在場，使未來以尚未到來的方式提前顯現。因而卡夫卡說：

「書寫如同祈禱形式」（Ecrire comme la forme de la prière），由人寫下的字句雖非神靈卻能召喚出未曾被填入字句中的新生意義，那彷彿來自未來的「非（書寫者）本意」只透過書寫留下充滿未知想像的印跡，字句於是半人半神猶如遠古洪荒的知識起源。世世代代傳頌（記載）古老的神靈故事，以便能準備充足地迎接未知力量的降臨，而後人恭敬承襲，虔敬拆解字句，釋出未來，見證言靈。因此書寫如同祈禱形式是觸碰未來的最初通道，只要祈禱，就能確保未來一直都在。於是，巫人繼承了「文字開始難以辨認，字句已接近謎語」的神聖，為了啟動未來，「清清嗓子，像要唱歌似地，開始說話。」

童偉格的字母A是從「我」到「他」的未來，與未來的蛻變。狀似依次「我—你—他」的變化其實都是反覆地變身為「他」的人稱異化（aliénation）。「每個人，都是一座走動的墳，我們都謀殺掉了關於自己生命的諸多可能，親手掩埋進心的深處，若有的話，於是，成了現存的惟一一種樣子。」「惟一一種樣子」通常指向「我」，然則在小說中卻奇異地首先更鄰近「你」。即使小說狀似糾葛在「我、你」既孿生又分割的反覆之中（你是我惟一有資格去教養的人、我打造你、我要代你、我寄望你……），然而「我」對「你」的一再追述卻使「你」占據了小說中心的位置，成為小說裡「惟一一種樣子」（這無疑是一篇關於「你」的小說）。「我」說「你」導致「我」沒入「你」的背景音，移轉成「你」的陰影，化身為另一個「你」。如此，小說初始以「我盼望取得你的同意」張開的漸層關係才得以明朗：「我」並非握有主權的「我」，而是依存於「你」的，並非「我」的另一個「你」。因此一方面「想著你也像是回音」，因為「我」是同如「你」的「你」的回音，另一方面，「你」擁有遠大過於「我」之謂「你」的力量：「因我無法親歷任一往者的心靈……我只能寄望於你……你真能明白那必然是我十分無知的，真實的什麼。」這使「我」有必要寄望於「你」，從閱讀「你」之中填補「我」的空白。弔詭的是，「我」一旦開始梳理「你」，便會發現變造「你」的可能，使「你」成為不再是「你」，而是陌生如

「他」。同如小說中翻出「你」與父親的合照，「你」記得父親「消失」在波浪中的身影和帶著鏽鐵般赤紅的血掌歸來，父親則通過話語填補「你」記憶中缺漏的區塊，使「你」記起父親獨自穿梭在海面下的冒險，「你」於是由非你的話語所榫接，並在「我」的反覆追問中，發現「你」對「你」細節的一再變造。因而「你始終是自己最近臨的讀者」，更確切來說，「你」（自己）同時是最近臨「你」（自己）的讀者，「你」在對「自己」的二次閱讀中成為與自己拉開距離的讀者，「近臨」成為同一物的向外跨一步，「讀者」是有別於作者的另一個介入（建構）故事者。「你」的「重逢」同時是對「你」的差異化，因為每一次對「你」的重返都需要「由話語，在虛空中橫斷的一條路徑」，同如父親的話語帶「你」穿過無法透視的波浪，連結上擱淺的船體。同如小說由「我」說「你」，以便重新長出「你」的回憶。如此的「你」之於「你」多過於「你」所是，「你」與其說是共通的第二人稱，毋寧更接近小說中任一人物的名字的第三人稱。故事由人稱的變異開始，稱「我」稱「你」其實都指涉「他」，以便越過回憶碎片的局限，「像失憶者那般回憶」，那既是通過話語對回憶更精細的挑撿與更缺漏的連結，也是使「回憶」切換回未曾或尚未發生的未來（失憶）之境。通過話語的重新連接，通過人稱失憶的重新降生為「他」，使所有敘事者的訴說都成為有別於個人回憶的，所有人故事的開端。

黃崇凱的字母A使一切不斷摺返回「未知」。小說以科幻的形制開場，一趟實驗性質的太空旅行，一群即將展開火星墾荒的新住民，月球發展局、小行星任務、近地軌道、巡航艦、接駁艦、太空港……乍看充斥專業術語的高科技表面，彷彿已寫入未來，然而仔細一看，作者在其中埋入更多鄰近於當下的描述。除了計算距離以天文級距的放大或生活周邊名稱的陌異，已經可以執行火星旅行的科幻時代與人類今日的生活差異不大，太空艙裡的情況就像「置身在長途飛機」，與「深海」同樣所知甚淺的宇宙，類似的飲食需求、類似的密室恐慌、作息失調或古典的手槍劫機……。甚至通過一萬三千年前便已存在地球的火星隕石／化石（ALH84001）來說明，由於長期受到隕石影響，地球人其實可能就是以為「未曾謀面」的火星人……。換言之，通過高科技，人類前往的不是未來，而是當下的自己。或更確切地說，未來與科技或科幻與否無關，相反的，它是小說中一再被遣返或重回的「處於未知」中。如同高科技能防堵孕婦登上太空船，卻無法預防太空旅途中被「搞大肚子」，「未知」一再癱瘓人類最高智慧結晶（科技），它以絕對未來（尚未到來、尚未得知）的姿態屢次重創科技（無助於防範心靈疾病與解決宗教依賴），說明未來總在比科技所能抵達的更遙遠之處。有別於科幻，黃崇凱的小說以「未知」描摹「未來」，這使小說以「死亡」做為開場，揭開火星旅行的序幕別具意義：「美國富豪說他想死在火星」、「我意識到自己正前往另一座星球死去」……。死亡是既無人知曉且尚未到來的「未知」，它是在世者的永恆謎題，因為亡者已逝，再無可能返來報訊。死亡通過鄰近於未來的「未知」，替「未來」傳訊，指出「未來」。然而，由「死亡」啟動太空旅行，絕非對「未來已死」

的悲觀暗示，恰恰相反，死亡做為「未知」的未來旅程的起點而非終點，指向永恆誕生的起點。一旦死亡的意義從結束撥往啟動，則結束再無可能以死亡告終，相反的，每一次的死亡都不斷被調校成另一個起點，另一個開始與另一個啟動。因而，黃崇凱以「死亡」為引擎啟動的，是永恆無法終止的無限之旅，是朝向未來的永恆挺進。

「唯有會死亡的，才叫作生物」，唯有通過「死亡」，才能命名「誕生」。胡淑雯的字母A以死亡和誕生的連結，把終點調校成起點，使每一個死亡終點都誕生為朝向未來的重新啟動。如同小海誕生於少爺以躲避球施行的謀殺，「砸死她，以之宣告，這個女生是我的」，因為被死亡指中（砸中），小海才開始被知覺為「生之物」，成為眾人眼中無法忽視、理所當然也彷彿一直都如此存在的耀眼女神。然而，「從死亡之處展開的誕生」同時意味著與過去的告別／死亡。小海從無人知曉的「不存在」轉生成眾所矚目的「存在」，她告別原生之物，誕生成另外一物，如同天文學家透過望遠鏡從浩瀚宇宙中發現某顆新星。一旦通過命名而誕生，新星便被鎖定為無法抹消的存在，告別它的「不在場」，以「新星」之名重生。小海告別了過去無生物般的存在，成為「少爺的」女神，即使她努力躲避男孩們鍥而不捨的跟蹤與尾隨，卻無法使自己重回過去地「不被找到」，而是一再通過禮物、餽贈、派對與組隊比賽的瞄準，最終不得不現出「贗品」的原形。從死亡之處展開的誕生是遭逢死亡過後的第二次誕生，誕生因而總已是重生，重生則是帶著回憶的「再次誕生為他者」，是留戀於過去卻被迫推進未來的依依不捨。成為他者的二次誕生指向「贗品」的必然命運，他的每次重生都是對「曾經誕生」的重複，亦差異於「已經誕生」地成為另一種新生，如同贗品，永恆有別於「原版」的再製品，如同小海重生於少爺瞄準她的指尖。「此後，小海就毀容了」，小海成為有別於自己的他者，自己的贗品，因為「童年是不會結束的。童年之深邃在於，就算時光與肉體帶著妳走離了好遠好遠，童年始終不會忘記妳，它就像某些油畫裡的女人，帶著一抹古老而純淨的微笑，持續地跟妳說話，回視妳以永恆」，永恆地提示著轉生為贗品的命運。而正是在如此「贗品」的宿命中，我們從過去辨識出未來。未來是永遠回不去的過去，它是過去的贗品，是從每一次對過去的凝視裡折射出來的另一條虛構之線，使過去一再重新降生成未來。

黃錦樹的字母A，起源自字母F（虛構／小說），而後從虛構游向未來（原作品為〈魚〉，fish，以F字母為開頭）。從F返回A彷彿預示了虛構與未來的關係。誠如小說所言，「『純粹』的未來，甚至可能永遠凍結於時間之外，是處於永遠不來的狀態」，處於時間中的人無法認識未來，呈顯於眼下的任何「前來」，總已脫離未來「永遠不來」的純粹狀態。這是何以班雅明（W. Benjamin）的天使以「背對」的姿態，倒退進未來，未來處於無法被看見的絕對「未知」，而眼前不斷積累的，總已成為過去。未來只能通過眼見為憑的過去來想像，然而，未來做為過去的「不是」，無法被過去複製，相反的，它是對過去或已知的歧出，如同虛構總已歧出所有經驗之外。「歧出」的共通點使虛構通往未來，如同字母F對A的不斷鄰近。虛構以小說歧出已知，小說是對過去經驗的重說，通過書寫，已經結束的經驗被再次啟動，通過爬梳、挪移或整理的事後追溯，蛻成「未曾如此發生」的另一種經驗。如同《包法利夫人》之於福婁拜，《追憶逝水年華》之於普魯斯特，即使是翔實記載的《龔固爾日記》（*Journal des Goncourt*）對同處於現場的馬塞爾而言，都宛如閱讀未曾經歷的新事件。小說書寫「未曾如此發生」的經驗（或過去）而指向未來，如同黃錦樹小說中的溺水回憶。通過重述回憶，小說裡的時間以切片的方式被反覆插入更多更早或更晚於溺水的時刻，錯綜複雜地拼接成「未曾如此發生」的過去：丁在溺水後，想起過去的土地公、瓶子裡的鬥魚、死後的未來……。溺水的單件經驗做為其他時刻的原因或結果，使它成為尚未被發生或被下定論的未來。回憶由是成為最接近未來的時刻，它通過不同於過去的方式重複過去，使已經結束的過去經由講述的排序再次復甦，蛻成「未曾如此發生」的未來，亦同時驗證它對過去的虛構。如同那尾從童年中逃走的白鬥魚給出的啟示，未來是對過去的逃逸，或反之，過去是對未來的逃逸，這是何以有必須一再重述（虛構）過去，以便能倒退進入未來。

作者簡介

◉ 策畫

楊凱麟

一九六八年生，嘉義人。巴黎第八大學哲學場域與轉型研究所博士，臺北藝術大學藝術跨域研究所教授。研究當代法國哲學、美學與文學。著有《書寫與影像：法國思想，在地實踐》、《分裂分析福柯》、《分裂分析德勒茲》與《祖父的六抽小櫃》；譯有《消失的美學》、《德勒茲論傅柯》、《德勒茲，存有的喧囂》等。

◉ 小說作者（依姓名筆畫）

胡淑雯

一九七〇年生，臺北人。著有長篇小說《太陽的血是黑的》；短篇小說《哀豔是童年》；歷史書寫《無法送達的遺書：記那些在恐怖年代失落的人》（主編、合著）。

陳雪

一九七〇年生，臺中人。著有長篇小說《摩天大樓》、《迷宮中的戀人》、《附魔者》、《無人知曉的我》、《陳春天》、《橋上的孩子》、《愛情酒店》、《惡魔的女兒》；短篇小說《她睡著時他最愛她》、《蝴蝶》、《鬼手》、《夢遊1994》、《惡女書》；散文《像我這樣的一個拉子》、《我們都是千瘡百孔的戀人》、《戀愛課：戀人的五十道習題》、《臺妹時光》、《人妻日記》（合著）、《天使熱愛的生活》、《只愛陌生人：峇里島》。

童偉格

一九七七年生，萬里人。著有長篇小說《西北雨》、《無傷時代》；短篇小說《王考》；散文《童話故事》；舞臺劇本《小事》。

黃崇凱

一九八一年生，雲林人。著有長篇小說《文藝春秋》、《黃色小說》、《壞掉的人》、《比冥王星更遠的地方》；短篇小說《靴子腿》。

黃錦樹

一九六七年生，馬來西亞華裔，一九八六年來臺求學。著有短篇小說《雨》、《魚》、《猶見扶餘》、《刻背》、《南洋人民共和國備忘錄》、《土與火》、《烏暗暝》、《夢與豬與黎明》；散文《火笑了》、《焚燒》；論文《論嘗試文》、《華文小文學的馬來西亞個案》、《文與魂與體》、《謊言或真理的技藝》、《馬華文學與中國性》等。

駱以軍

一九六七年生，臺北人，祖籍安徽無為。著有長篇小說《女兒》、《西夏旅館》、《我未來次子關於我的回憶》、《遠方》、《遣悲懷》、《月球姓氏》、《第三個舞者》；短篇小說《降生十二星座》、《我們》、《妻夢狗》、《我們自夜闇的酒館離開》、《紅字團》；詩集《棄的故事》；散文《胡人說書》、《肥瘦對寫》（合著）、《願我們的歡樂長留：小兒子2》、《小兒子》、《臉之書》、《經濟大蕭條時期的夢遊街》、《我愛羅》；童話《和小星說童話》等。

顏忠賢

一九六五年生，彰化人。著有長篇小說《三寶西洋鑑》、《寶島大旅社》、《殘念》、《老天使俱樂部》；詩集《世界盡頭》，散文《壞設計達人》、《穿著Vivienne Westwood馬甲的灰姑娘》、《明信片旅行主義》、《時髦讀書機器》、《巴黎與臺北的密談》、《軟城市》、《無深度旅遊指南》、《電影妄想症》；論文集《影像地誌學》、《不在場——顏忠賢空間學論文集》；藝術作品集《軟建築》、《偷偷混亂：一個不前衛藝術家在紐約的一年》、《鬼畫符》、《雲，及其不明飛行物》、《刺身》、《阿賢》、《J-SHOT：我的耶路撒冷陰影》、《J-WALK：我的耶路撒冷症候群》、《遊——一種建築的說書術，或是五回城市的奧德塞》等。

◉ 評論

潘怡帆

一九七八年生，高雄人。巴黎第十大學哲學博士。專業領域為法國當代哲學及文學理論，現為科技部人文社會科學研究中心博士後研究員。著有《論書寫：莫里斯・布朗肖思想中那不可言明的問題》、〈重複或差異的「寫作」：論郭松棻的〈寫作〉與〈論寫作〉〉等；譯有《論幸福》、《從卡夫卡到卡夫卡》。

專訪試讀

小說是艱難的生死之辯

駱以軍 vs.
莊瑞琳（衛城出版總編輯）

日期：2017.08.24 15:00~18:00
地點：淡水 有河 Book

字母 LETTER
駱以軍專　2017 Sep. Vol.1

——中場休息——

莊瑞琳　還是回到剛剛的問題，現在你不會再去用經驗匱乏或者無經驗的世代來解釋？或許那只是之前相較於你父親那一代的經驗所有的感觸？

駱以軍　對，當然，我覺得它是一種談法。我在三十七、八歲的時候，會充滿一種感情，你總覺得你現有的、活在的此刻，有許多東西像是沙畫，朝花夕拾，這一切都是塑料，即溶，都是快可立。但如果我這一次死掉，面對我生命的最後十年，或者我又多活了幾十年，那個感受是百感交集。可以說很多經驗在生成，跟經驗再找尋另外經驗之間的嫁接、辯證，我沒有那麼覺得是匱乏。我不曉得，因為我後來不小心跑到網路世界，我覺得網路世界真的是很無止盡的。我一個中年人，透過網路，不費力地看了許多大量資訊，一些二戰歷史的紀錄片，包括太平洋海戰，美軍和日軍不同的跳島戰役；包括德軍和俄軍的列寧格勒和史達林格勒圍城戰；包括國共戰爭的東北戰役、淮海戰役；包括我以前年輕時無知的中國歷代史；包括寫《女兒》時讀的量子力學延伸的各種維基百科；我也是在Netflix上看了包括《黑鏡》、《毒梟》這些超屌的影集，一些超屌的紀錄片。包括我近兩年讀《金瓶梅》、《儒林外史》、《陶庵夢憶》，都是在網路讀電子書。這種經驗的記憶體排序和大腦的儲存建立檔案方式，一定和我父親那輩人或我的前半生，在一個祕密電流竄閃的倉庫，是完全不同的藏納和提取形式。「經驗」這件事的框格、材質、次元，全部是完全不同了。所以現今要寫《紅樓夢》或《追憶逝水年華》，可能必然會變科幻小說。但大江在《換取的孩子》裡就用這個童話故事隱喻，可能也許我們現在這個世界，所有大腦神經元突觸感受到的，每一天，每一刻，那所有的激爽、震撼、哀痛、憤怒、恐怖，都只是朝花夕拾，只是「冰雕的嬰孩」，被地底的小嬰孩偷換過的無數贗品，被偷換過了。我們是不是有意識，一邊眼瞳爆炸地感知每天發生的訊息流，但同時有知覺那一切只是亂數跳換的，無法成為經驗的無限大量的「經驗的前沿」，「還未受精的單套絲狀物」，做為一個受體，光描繪「經驗」這件事，就是一不能承受之重。

莊瑞琳　班雅明說那可能是一個說故事的技藝或藝術的消失，換到現在來講，你的答案不會跟他一樣？說故事的世代或者聽故事這件事，是一個走下坡的情況嗎？

駱以軍　（沉思）我不曉得耶（笑）（沉思）。這可能就是字母會存在的原因。可能這整套訓練，這整套修行，已經跟故事脫離開了，但又不是這樣講，比如說為什麼我還是那麼喜歡波拉尼奧，這樣的小說家很像印第安武士，全身掛滿砍下的頭顱，他真的是身體力行，我相信那不是他虛構的，他就是長期在蒐集，《荒野偵探》裡有那麼多人講的話，他的人物形象不是寫那些鄉下的，比如說中國大陸寫工人，或者形象化的觀看，很混亂的車站某一個賣彩券的，不是，他每一個人都充滿想法，或是我們這樣的人，有創作者或知識分子，有俄羅斯人，就是某種主義的信仰者，某一次暴力鎮壓的倖存者，各式各樣的人。他是怎麼去想好我要做成這本書，我要把這些人記錄下來。可是他只是記錄嗎？好像每個又是故事。我覺得這是一個難度非常難非常難的……我覺得我來回答你這個問題，好像我是第一手、第一線捕魚的人，確實比起同輩，可能因為生活所逼，寫《壹週刊》專欄，所以我有一個短單元類的，捕撈故事的過程，但是我覺得，我怕我理不清楚……班雅明有沒有寫過小說？（答：沒有。）他有點像楊凱麟，他的話語會形成一個氛圍，那個小說就在不遠的地方，那個東西不應該存在，但它比起現在既有的作品都要更神祕。我覺得班雅明本身應該有一個很強大的猶太教的一個靈物，啟明，隱藏在內在的一些疑惑，他有一整個森林吧。在現代，班雅明很厭惡包括攝影，包括他所謂在街上走的都是鬼，都是屍體。但我們已經活在這個世界之後的一百年，我覺得有很多資產，包括卡夫卡、納博科夫、傅柯，法國對小說的激進運動，可能在班雅明之後的二十世紀，他們就是用他們的才智，對應古典滅絕掉的，或者是古典活在那裡，但靈光不見了，現代小說發展出很多這樣的操作方式，這個方式不該被用所謂的故事滅絕來形容。因為就是沒有一個純潔的故事，沒有一個不卡夫卡的故事，不可能，我甚至覺得在臺灣後面的創作者，沒有一個不童偉格的故事。你已經被強姦了，被挖掉了，你吃了很多化工的毒，你已經在全球化的體系裡面，你的古典時間，古典的自我感，就已經被細細扯裂了。西方這些偉大的小說家，他就是在告訴你，他是我們這一國的，他在對抗的就是這個異化，或是比暴力還要更遮掩的邪惡，這些邪惡無所不在。

我後來很認真看《儒林外史》或《金瓶梅》，我如果是活在明朝的人，我覺得這樣非常厲害，用多焦點的方式，表現這些人話語的無力、空洞，可是又架到一個利益交換與生活狀態的形成。我還是不理解，畢竟我不是從小讀這個，啟蒙時候讀的是比如說川端、三島，他其實是教你把感官極致地放大，而且沒有盡頭，他沒有故事，他就是感官，無止盡地吐出來。這個作家就像一個性奴，把你的這個感覺一直吐出來。我覺得國外有這些小說家在給予我們這些。比如說大江健三郎寫信給葛拉斯、巴加斯．略薩、薩伊德，還有蘇珊．桑塔格（按：收在《大江健三郎自選隨筆集》），我覺得他很意圖，就這一代的，地球的不同（國家）的子民，我們來談談戰爭這件事的真實與感受。比如黃崇凱這次《文藝春秋》寫〈遲到的青年〉，戰爭的債務或者是戰爭的資產，到了我們這代，還有沒有人有能力去承接，我現在看到童偉格跟黃崇凱在承接這件事。你說故事，不去處理為什麼你是六個手指頭，為什麼你有鱗片，為什麼你是色盲，你不去發動這件事情的話，確實就像班雅明講的，故事的衰亡。中國大陸有網路小說的知名度比莫言還高，但我看來就是亂碼，是網路世界在繁殖生長的亂碼。黃錦樹寫過一本小說，就是有一種軟體可以寫他的馬華小說，就是亂碼。我十年前很蔑視網路小說，後來這幾年在網路世界，我覺得它無止盡。在二十世紀一戰、二戰時期，土耳其、奧地利的小說家，或波赫士、普魯斯特，他們就是想用長篇建構一個網路，當代人在一個城市裡面發生的事情，今天發生什麼事件，所有人在一個將軍家在辯論，女人們的不同性格跟性欲、壓抑，她們之間的鬥爭，這些在網路世界每天都在發生。如果長篇的概念是全景，網路已經自動化了，已經完成了。

莊瑞琳　那這樣小說家要做什麼？

MAN *of* LETTER
n.[C] 有著字母的人；有學問者。

LETTER，字母，是語言組成的最小單位；複數時也指文學、學問。透過語言的最小單位，一個人開始認識自己與世界，同時傳達與創造所感所思，所以LETTER也是向世界投遞的信函；《字母LETTER》是一本文學評論雜誌，為喜好文藝的人而存在。

駱以軍專輯從字母會策畫者楊凱麟以「pastiche」（擬仿）這個詞評論駱以軍開始，駱以軍在字母會的二十六篇小說，證明他是強大的文學變種人，就像孫悟空一樣，可以自行幻化成無數機靈小猴，不只七十二變。德國哲學背景的蔡慶樺則從康德哲學解讀《女兒》，認為絕美的女兒眾神的毀滅，是這個世界正常化的過程，但女兒們還是可以不遭遺棄，得到幸福。我們將在這篇書評深入理解駱以軍的存在論。長達二萬四千字的專訪，駱以軍細談自己的文學啟蒙、如運動員般地自我鍛鍊，以及對文學發展的看法，並提及這三年面臨的生命崩壞。翻譯《西夏旅館》得到英國筆會翻譯獎的辜炳達，則撰文描述他如何從《西夏旅館》讀到了《尤利西斯》，在著迷中一頭栽進翻譯的艱困旅程，他列舉翻譯這本書的五大難題。透過這四個不同角度，期待能全面而完整地透視這位當代重要的華文小說家。

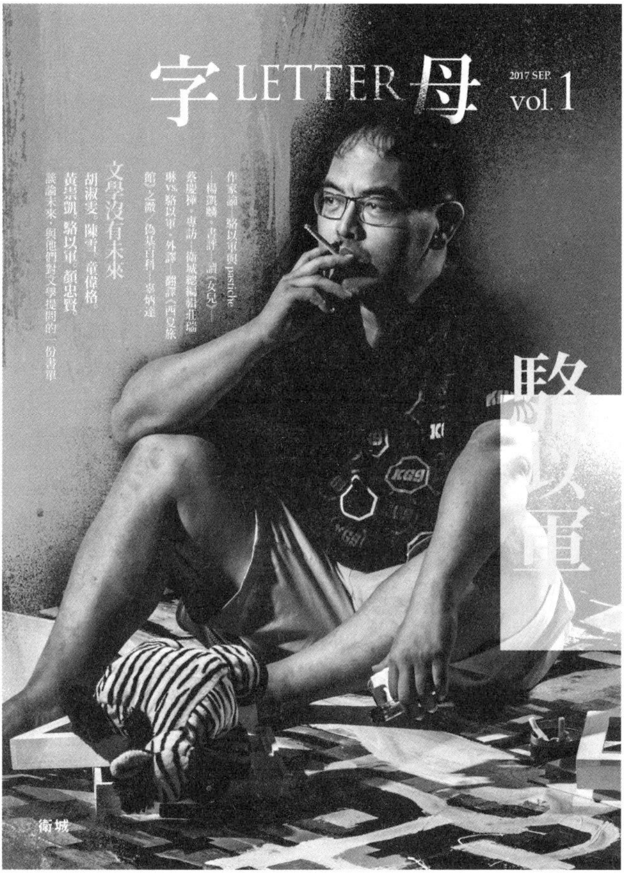

字母LETTER　駱以軍專輯　2017 Sep. Vol.1
定價150元

字母會——B——巴洛克

B COMME BAROQUE

一種過度的能量就地凹陷成字的迷宮

迷宮無所不在，無所不是，巴洛克以任一極小且全新的切點，照見世界各種面向，繁複是因為它總是在去而復返，它重來卻總是無法回到原點。童偉格以回覆眼鏡行寄來的一張廣告明信片，建構記憶的迷宮；黃錦樹以一如謎的情報員隱喻殖民地被竊走與被停滯的時間，所有的青年從此只是遲到之人；駱以軍以超商、酒館、社區大學與咖啡館等場所，提取人與人如街景的關係，無關就是相關；陳雪的盲眼按摩師從一個身體讀出一生曾經歷的女性；胡淑雯在一起報社性騷擾事件表露各說各話的癲狂；顏忠賢描述人生就是一齣恐怖與不斷出差錯的舞臺劇，只能又著急又同情；黃崇凱則揭開一場跨年夜企圖破紀錄的約炮接力，在迷宮中的回聲不是對話，而是肉體與肉體的撞擊。

字母會——C——獨　身

C COMME CÉLIBATAIRE

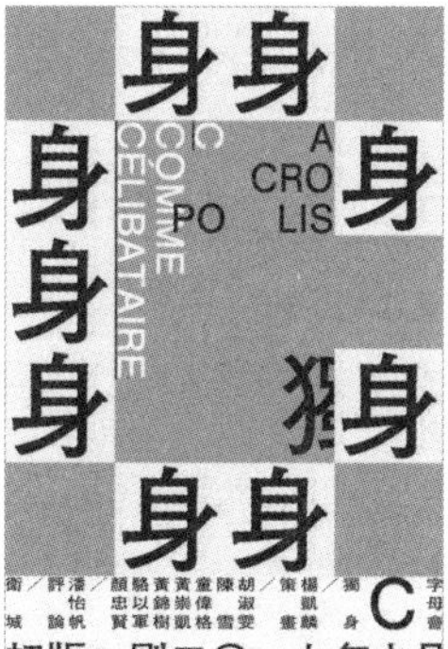

初版一刷二〇一七年九月

當我們感受到孤獨這個詞要意味什麼，
似乎我們就學到一些關於藝術的事。

文學的冒險，觀照一切孤獨與難以歸類之物，意味著書寫與閱讀的終將孤獨。黃錦樹敘述遁隱深林最後的馬共，戰役過後獨自抱存革命理想；童偉格將一個人拋置於無人值班的旅館；胡淑雯凝視女變男者的崩潰與自我建立；顏忠賢以猶豫接下家傳旅館與廟公之職的年輕人，描述一個很不一樣的天命；駱以軍以如同狗仔隊偷拍的鏡頭，組裝人生一場場難以寫入小說的過場戲；陳雪描寫小說家之孤獨，看著現實人物在他的故事裡闖進又闖出；黃崇凱以香港與臺灣兩個書店老闆的處境，假設一九九七年香港與臺灣同時回歸中國，書店在政治之中成為一個孤獨的場所。

字母會——D——差　異

D COMME DIFFÉRENCE

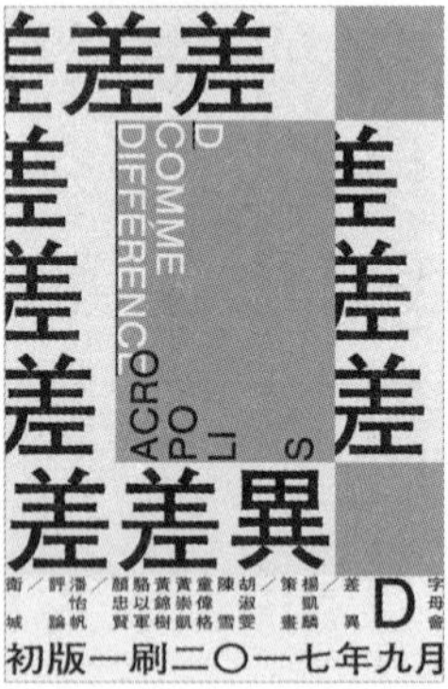

必須相信甚至信仰「有差異，而非沒有」，
那麼書寫才有意義。

差異是文學的最高級形式，差異書寫與書寫差異，使得文學史更像是一部「壞孩子」的歷史。顏忠賢從民間信仰安太歲切入，描繪安於或不安於信仰的心態；陳雪在變性與跨性別者間看見差異與相同；胡淑雯以客觀與主觀兩種口吻，講述同一次性義工經驗；黃崇凱提出電車難題的版本，解答一則主婦與研究生外遇的結局；駱以軍從一對老少配，描述遲暮的女體之幻影如外星偵測；黃錦樹寫革命分子戰爭殘存的斷臂仍書寫歷史不輟，而後蛻化再生；童偉格以最後一個莫拉亞人的經歷，在悲傷的滅絕中仍保持擬人姿態。

字母會——E——事　件

E COMME ÉVÉNEMENT

小說本身便是事件，
小說必須讓自身成為由書寫強勢迫出的語言事件。

小說不是陳述故事，而是透過語言讓事件激烈發生的場域。陳雪以尋找母親，描述一起事件成為生命的ground zero原爆點；童偉格描寫自認為沒有故事的平凡送貨員，卻有著扭轉一生的事件；駱以軍以香港尋人之旅，寫出事件如何製造裂痕導致毀滅；顏忠賢描述瑜珈中心裡罹癌化療、一位如溼婆的女子，思索末世福音的矛盾；胡淑雯在兒童樂園遠足中，揭露專屬兒童的恐懼與壓抑；黃崇凱讓民俗信仰飛出外太空，萬善爺可以當駭客、辦電玩比賽或者去KTV熱唱：黃錦樹以一棵大樹下的祖墳的魔幻事件，見證主角的成人。

字母會——F——虛　構

F COMME FICTION

虛構首先來自語言全新創造的時空，
這是文學抽筋換骨、斷死續生的光之幻術。

虛構不是創造不可見之物，而是可見與不可見之間的戰役，使可見的不可見性被認識，這就是書寫最激進之處。駱以軍以臉書上的「神經病」挑戰記憶的可信度，與讀者共同辯證不可置信故事的真實性；黃崇凱虛構臺灣與吐瓦魯合併下的婚姻，為非常寫實的新移民故事；陳雪讓抑鬱症患者以寫小說拼湊身世，從而看見活過的人生不過是其中一種版本；胡淑雯描述年幼期的跳躍，可能來自一次偶然幾近自我虛構的擾動；顏忠賢講述峇里島魚神帶來的祈求與恐懼，來自於祂在人類腦中放入的一種暗示，信仰有自行啟動虛構的能力；黃錦樹以連環夢境重新編輯時空，夢的虛構也是人類經驗的來源；童偉格以老者的眼光，表白人生如倖存者般，要使曾經歷的一切留存為真。

預告

第二季	G—M	2018年1月
第三季	N—S	2018年4月
第四季	T—Z	2018年7月

字母
02

字母會A未來

作　者——楊凱麟、黃錦樹、童偉格、胡淑雯、顏忠賢、駱以軍、陳雪、黃崇凱、潘怡帆
總 編 輯——莊瑞琳
責任編輯——吳芳碩
協力編輯——盧意寧
行銷企畫——甘彩蓉
封面設計——王志弘
內頁設計——張瑜卿
排　版——宸遠彩藝

社　長——郭重興
發行人兼出版總監——曾大福
出　版——衛城出版
發　行——遠足文化事業股份有限公司
地　址——二三一四一　新北市新店區民權路一〇八—二號九樓
電　話——〇二—二二一八一四一七
傳　真——〇二—八六六七一〇六五
客服專線——〇八〇〇—二二一〇二九
法律顧問——華洋國際專利商標事務所　蘇文生律師
製　版——瑞豐電腦製版印刷股份有限公司
初　版——二〇一七年九月
定　價——二八〇元

國家圖書館出版品預行編目資料

字母會A未來 / 楊凱麟等作.
－初版.－新北市：衛城出版：遠足文化發行，2017.09
面；　公分.－(字母；02)
ISBN　978-986-94802-7-7(平裝)
857.61　　　106014501

ACRO
POLIS
衛城

字 母 會
FACEBOOK

填寫本書
線上回函

● 親愛的讀者你好，非常感謝你購買衛城出版品。
我們非常需要你的意見，請於回函中告訴我們你對此書的意見，
我們會針對你的意見加強改進。

若不方便郵寄回函，歡迎傳真或EMAIL給我們。
傳真電話——02-2218-8057
EMAIL——acropolis@bookrep.com.tw

或上網搜尋「衛城出版FACEBOOK」
http://www.facebook.com/acropolispublish

● 讀者資料

你的性別是 □ 男性 □ 女性 □ 其他

你的職業是 ____________ 你的最高學歷是 ____________

年齡 □ 20 歲以下 □ 21-30 歲 □ 31-40 歲 □ 41-50 歲 □ 51-60 歲 □ 61 歲以上

若你願意留下 e-mail，我們將優先寄送 ____________ 衛城出版相關活動訊息與優惠活動

● 購書資料

● 請問你是從哪裡得知本書出版訊息？（可複選）
□ 實體書店 □ 網路書店 □ 報紙 □ 電視 □ 網路 □ 廣播 □ 雜誌 □ 朋友介紹
□ 參加講座活動 □ 其他 ________

● 是在哪裡購買的呢？（單選）
□ 實體連鎖書店 □ 網路書店 □ 獨立書店 □ 傳統書店 □ 團購 □ 其他 ________

● 讓你燃起購買慾的主要原因是？（可複選）
□ 對此類主題感興趣 □ 參加講座後，覺得好像不賴
□ 覺得書籍設計好美，看起來好有質感！ □ 價格優惠吸引我
□ 議題好熱，好像很多人都在看，我也想知道裡面在寫什麼 □ 其實我沒有買書啦！這是送（借）的
□ 其他 ________

● 如果你覺得這本書還不錯，那它的優點是？（可複選）
□ 內容主題具參考價值 □ 文筆流暢 □ 書籍整體設計優美 □ 價格實在 □ 其他 ________

● 如果你覺得這本書讓你好失望，請務必告訴我們它的缺點（可複選）
□ 內容與想像中不符 □ 文筆不流暢 □ 印刷品質差 □ 版面設計影響閱讀 □ 價格偏高 □ 其他 ________

● 大都經由哪些管道得到書籍出版訊息？（可複選）
□ 實體書店 □ 網路書店 □ 報紙 □ 電視 □ 網路 □ 廣播 □ 親友介紹 □ 圖書館 □ 其他 ______

● 習慣購書的地方是？（可複選）
□ 實體連鎖書店 □ 網路書店 □ 獨立書店 □ 傳統書店 □ 學校團購 □ 其他 ________

● 如果你發現書中錯字或是內文有任何需要改進之處，請不吝給我們指教，我們將於再版時更正錯誤

請沿虛線剪下

廣告回信
臺灣北區郵政管理局登記證
第 1 4 4 3 7 號

請直接投郵•郵資由本公司支付

23141
新北市新店區民權路108-2號9樓

衛城出版 收

● 請沿虛線對折裝訂後寄回，謝謝！

ACROPOLIS 衛城出版

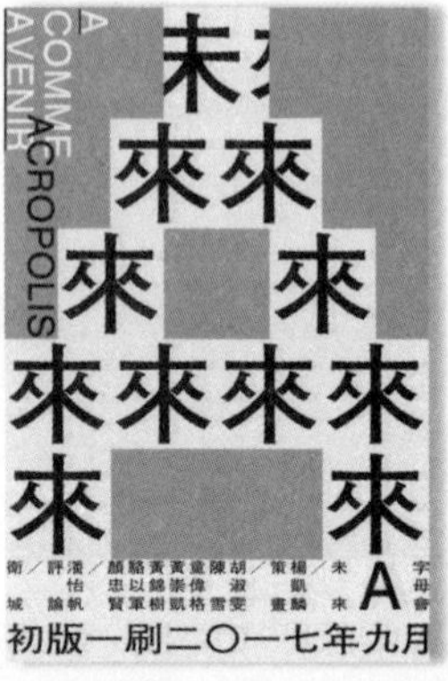